Wolfgang Ecke

MEISTERDETEKTIV BALDUIN PFIFF

Der Schrecken aller Geister

Wolfgang Ecke

MEISTERDETEKTIV BALDUIN PFIFF

Der Schrecken aller Geister

Mit Illustrationen
von Ute Krause

Boje

www.boje-verlag.de

Die Originalausgabe erschien 1977 bei Loewes Verlag, Bayreuth
Einbandgestaltung: Büro Ziegler, Köln, unter Verwendung
einer Illustration von Ute Krause
Illustrationen: Ute Krause
Satz: Noch & Noch, Balve
Gesamtherstellung: Verlags- und Medien AG, Köln
Printed in Germany

ISBN 978-3-414-82077-8

1. Auflage

Das ist er: Balduin Pfiff

Klein: 166 Zentimeter!
Schwer: 199 Pfund ohne Socken, Lupe, Zigarre und Revolver!
Schuhgröße: 45
Besondere Merkmale: pfiffiges Aussehen, rundes Gesicht, wenig Falten, kurze Beine, ausgeprägter Geruchssinn.
Gute Angewohnheiten: wenige!
Schlechte Angewohnheiten: spricht oft mit vollem Mund, legt die Beine auf den Tisch, schnarcht!
Gesamteindruck: lustig, aber gefääääääääääääääää-ährlich!

20 Uhr 45!

Links-zwo-drei-vier … Links-zwo-drei-vier …

Balduin Pfiff war böse!

Links-zwo-drei-vier … Links-zwo-drei-vier …

Balduin Pfiff war grimmig und sehr böse! Und auf wen?

Links-zwo-drei-vier …

Natürlich auf Pinsel!! Oh, dieser Hund! Dieser kleine, liederliche und verfressene Hund!

Links-zwo-drei-vier …

Zum vierten Mal schon marschierte Balduin Pfiff an der eigenen Haustür vorbei und begann damit die fünfte Runde ums Quadrat.

Links-zwo-drei-vier …

Voller Zorn hämmerten seine Riesenschuhe über das Pflaster, und es sah aus, als müsste er bei jeder Bodenberührung Löcher in den Fußweg stampfen.

Pinsel hatte alle vier Pfoten voll zu tun, um mit seinem Herrn Schritt zu halten. Und könnte Pinsel so richtig denken können – wie Balduin Pfiff zum Beispiel –, dann würde er jetzt denken: Was habe ich falsch gemacht? Woher sollte ich wissen, dass das Hackfleisch nicht für mich war? Wie konnte ich ahnen, dass er daraus Dumme Gesichter braten wollte?

Und außerdem hatte er die Rennerei bald satt!

»Wau!!« bläffte er ein wenig atemlos. Zwei Pfund Hackfleisch drückten ganz gehörig auf Bauch und Beine.

Und Balduin Pfiff?

»Sei still!«, schimpfte der. »Wenn ich gewusst hätte, dass du dich zu so einem verfressenen Vieh entwickelst, hätte ich dich schon vom ersten Tag an mit dem Zeug aus der Büchse gefüttert!«

Links-zwo-drei-vier …

»Mir tun die Beine auch weh«, japste er zornig nach unten. »Nur dir zuliebe spiele ich hier Olympiade, vergiss das gefälligst nicht! Schließlich kannst du dich nicht mit zwei Pfund Hackfleisch im Bauch hinter den Ofen legen!«

Links-zwo-drei-vier …

Als der kleine dicke Detektiv vor sich die winkende Frau Artelwein, genannt Sprotten-Lotte, auftauchen sah, machte er mitten im Marschieren eine Kehrtwendung. Pinsel konnte sich nur mit einem blitzschnellen Sprung vor Balduin Pfiffs herannahendem rechten »Geigenkasten« in Sicherheit bringen.

»Die hat mir gerade noch gefehlt«, raunzte der Detektiv leise. Frau Artelwein, die einen Fischladen besaß, galt weit und breit als größte Plaudertasche.

Rasch bog Balduin in die Schottengasse ein, die um diese Zeit leer war wie sein Magen früh um sechs! Und hier konnte er auch ordentlich mit Pinsel schimpfen.

Er tat es, und es hallte von den Wänden, als säße er in der Badewanne.

»Nur ein so gieriger und verfressener Hund wie du holt sich ein Fleischpaket aus dem Beutel! Du kannst ruhig zugeben, dass du nur darauf gewartet hattest, bis ich eingeschlafen war!«

Balduin Pfiff blieb stehen und bellte abwärts: »Gib zu, dass es so ist!«

»Wau-wau!«, gab Pinsel mittellautstark zurück. Es war schon anstrengend, ein kleiner Hund zu sein.

»Und du bereust deine Freveltat?«

»Wau!«

»Na ja, dann will ich dir noch einmal verzeihen! Komm, gehen wir nach Hause!«

Balduin Pfiff bückte sich, hob Pinsel auf und hängte ihn sich, mit dem Kopf nach hinten, über die linke Schulter. Für Pinsel die oberste Stufe des Glücks und der Zufriedenheit. Aus dieser Lage konnte er sich so herrlich über Pudel, Dackel, Pinscher, Terrier und Spitze lustig machen und auf sie herabbellen.

Links-zwo-drei-vier ...

Plötzlich fühlte Balduin Pfiff überall Hunger. Unter der Zunge, im Gaumen und im Hals. Und wenn er an eisgekühlte Buttermilch dachte, lief ihm sofort das Wasser im Mund zusammen.

»Pinsel, hast du eben meinen Magen knurren hören?«

Pinsel schwieg.

»Da ich mir nun keine Dummen Gesichter braten kann, werde ich ein halbes Dutzend Eier in die Pfanne fallen lassen!«, sagte Balduin in diesem Augenblick, und er legte den Schnellgang ein.

Linksundzwounddreiundvierund ...

Nichts ließ ihn rascher in Bewegung kommen als ein ausgeprägtes Hungergefühl.

Als sie den Hausflur betraten, hob der Detektiv schnuppernd die Nase.

»Veilchen!!«, stellte er laut fest. Insgeheim glaubte er zu wissen, woher der zarte, süßliche Duft stammte: Da ist die blassgesichtige Frau Eulchen wieder mal durch das Haus gerannt. Die probiert ja jede Woche einen neuen Geruch aus.

Sogar Pinsel musste niesen.

»Sooooooo«, sagte Balduin und setzte den kleinen Vierbeiner behutsam auf den Boden. »Nun saus mal hoch und guck nach, ob ich schon zu Hause bin, hehehe.« Pinsel schoss wie ein schwarzer Irrwisch die Stufen hinauf.

Balduin Pfiff polterte mit lautem Tack-Tack-Tack-Tack hinterher.

»Wau-wau-wau!«, hörte er Pinsel oben bellen.

»Kann nicht so schnell!«, rief Balduin schnaufend.

Tack-Tack-Tack-Tack …

Und plötzlich drang ein leises, monotones Gemurmel an sein Ohr. Der kleine dicke Detektiv blieb stehen, hielt den Atem an und lauschte.

»Braver Hund, lieber Hund, guter Hund, netter Hund …«, hörte er eine weibliche Stimme murmeln.

TackundTackundTack – jetzt nahm er zwei Stufen auf einmal.

Die letzte Biegung, die letzte Treppenstufe.

»Guten Abend«, sagte eine Dame im schwarzen Mantel und dem Hut, der Balduin Pfiff an einen Obst- und Gemüsekorb erinnerte.

»Ein hübscher Hund!« Sie zeigte auf Pinsel, der sich vor sie hingesetzt hatte und dessen Stummelschwanz mit lebhaftem Blöbb-Blöbb-Blöbb-Blöbb auf das frisch gescheuerte Holz klopfte.

»Guten Abend!«, sagte jetzt auch der Mann neben der Dame, und er lupfte seinen Hut. Sie waren gleich groß, nur im Umfang unterschieden sie sich. Er mochte wohl ein Drittel von ihr ausmachen. Und er trug ein kleines viereckiges Bärtchen unter der Nase.

Balduin Pfiff tippte sich an den Mützenschirm und sagte ebenfalls »Guten Abend!« Dabei stieß er den Schlüssel ins Schloss.

»Verzeihen Sie bitte«, sagte das Männchen mit dem viereckigen Bärtchen, »sind Sie zufällig Herr Balduin Pfiff, der Detektiv?«

»Erstens«, Balduin ließ seine Kulleraugen rollen, »mein lieber Herr, bin ich nicht zufällig Balduin Pfiff, sondern mit Absicht, und zweitens, wer, glauben Sie wohl, geht um diese Zeit in meine Wohnung, he?«

»Klick!«, machte es in diesem Moment, und sie sahen einander nicht mehr. Die Treppenbeleuchtung war verloschen.

»Klick!«, und schon wurden sie wieder belichtet. Die Dame mit dem »Quer-durch-den-Garten-Hut« hatte blitzschnell ihre Moppelfinger auf den Knopf geknallt.

»Erlauben Sie, dass wir uns vorstellen«, sagte der Schmale, von Balduin Pfiff insgeheim bereits »der Faden« getauft, und er hielt ihm eine Karte entgegen.

Kristian und Lore MASSUKAT Hausverwaltung der HUKS

»Oooouuurrrg«, drang es in die Stille. Balduin Pfiff tippte mit dem Daumen gegen seinen prallen Bauch.

»Das war der da. Der brummt immer um diese Zeit, hehehe!« Der »Faden« schluckte und sah dabei drein, als würde er sich am liebsten hinter der Lore von der Visitenkarte verstecken.

»Wir wissen, dass diese Zeit für einen Besuch sehr ungewöhnlich ist«, sagte diese jetzt.

»Man könnte schon fast sagen ungehörig!« Herr Massukat schien noch schmaler zu werden und nahm erneut den Hut vom Kopf. »Wissen Sie, Herr Pfiff, wir haben ziemlich lange gebraucht, bis wir Sie gefunden haben.«

»Ei der Daus und Donnerlittchen!«, rief Balduin Pfiff, und das dünne Männchen zuckte erschrocken zusammen. Aber wenn der Detektiv etwas aus ganzer Seele verabscheute, dann war es das Herumstehen in Hausgängen und Treppenhäusern.

Forsch rief er: »Obwohl es nach 21 Uhr ist, wollen Sie dem Meisterdetektiv noch eine Geschichte erzählen. Also muss es eine wichtige Geschichte sein, denn soooonst wären Sie ja viel, viel früher gekommen! Habe ich recht?«

Beide nickten.

»Und was sagt Balduin Pfiff dazu? Er sagt: Wichtige Geschichten gehen vor! Wichtige Geschichten muss man sich anhören! Treten Sie ein! Komm, Pinsel!«

»Vielen, vielen Dank!« Die Dame mit dem Gemüsehut und den vielen Pfunden strahlte.

»Wirklich sehr freundlich von Ihnen!«, versicherte Kristian, der Faden.

Balduin Pfiff bugsierte seine späten Gäste in die gute Stube. Er rückte einen Sessel rechts neben den Tisch und den zweiten links daneben.

»Bitte, werfen Sie sich hinein, ich bin gleich wieder da!« Und zu Pinsel, der nach vier Meter Anlauf gerade zur Landung auf seiner Sofalieblingsecke ansetzte: »Du gehst auf deinen Platz, alter Fliegenschreck! Strafe muss trotz allem sein!«

Mit eingezogenem Stummelschwänzchen verließ Pinsel das Eckchen und trottete zum Ofen hin.

»Hat er was ausgefressen?«, erkundigte sich Frau Massukat. Es klang nach Mitleid.

»Im wahrsten Sinne des Wortes, das hat er. Und zwar den Inhalt eines braunen Päckchens von Fleischermeister Gurgel.« Balduin Pfiff stampfte wild mit dem Fuße auf, dass das Glaszeug klirrte: »Heiliges Kanonenröhrchen, mit einem Kilo allerfeinstem Hackfleisch.«

Herr und Frau Massukat sahen bestürzt drein und wiederholten wie aus einem Mund: »Ein Kilo Hackfleisch?!!«

Balduin Pfiff verschwand in die Küche.

Links-zwo-drei-vier ...

»Wau-wau!«, machte Pinsel beleidigt.

Mit Liiinks-zwoooo-dreihhh-viiiier kam der kleine Detektiv zurück. Vorsichtig balancierte er dabei sein bis zum Rand gefülltes Buttermilch-Spezial-Trinkglas.

Behutsam stellte er es auf dem Tisch ab.

»Buttermilch!«, sagte er.

»Buttermilch?«, wiederholte der Faden. Dabei verzog er sein Gesicht so sehr, dass aus dem kleinen viereckigen Bärtchen ein krummer Strich wurde.

Balduin Pfiff ließ seine 199 Pfund sanft auf das Sofa sinken. »Buttermilch muss ich immer im Sitzen trinken«, erklärte er und zog das Glas mit äußerster Konzentration zu sich heran, hob es hoch, führte es an den Mund und …

Beim frisch gebadeten Samuel, die Augen der beiden Massukats wurden rund wie Untertassen. So was hatten sie noch nicht einmal im Zirkus gesehen. Wie hypnotisiert beobachteten sie, wie Balduin Pfiff mit geschlossenen Augen das Glas immer steiler aufstellte und die Milch in sich hineinlaufen ließ. Kristian, der Faden, bemerkte gar nicht, wie er im gleichen Rhythmus mitschluckte.

»Oooooaaaaah«, seufzte Balduin schließlich und setzte das leere Glas mit Schwung auf die Tischplatte zurück. Er schnalzte mit der Zunge, wischte sich den Buttermilchschnurrbart vom runden Gesicht und nickte den beiden zufrieden zu.

»Das war viel!«, sagte der zierliche Kristian voller Ehrfurcht.

»Wie viel war das?«, wollte es dagegen das Dickerchen mit dem Gemüsehut genau wissen.

»Nur ein Liter!«, gab Balduin Bescheid. Er tätschelte sein Bäuchlein und machte plötzlich ein Detektivgesicht.

»Also, wo drückt der Schuh?«

Das unterschiedliche Pärchen sah einander an.

»Willst du erzählen, Krikri?«

Der zierliche Herr Massukat wehrte ab: »Erzähl nur du, Lolo!«

Balduin Pfiff kniff kurz die Augen zusammen. Hatte er sich nun verhört, oder ...

»Also gut, Krikri!«, sagte Lolo, und der Meisterdetektiv mit dem scharfen Blick wusste, dass seine Ohren noch in Ordnung waren. Er saß also nicht nur einem schmalen Männchen mit viereckigem Bärtchen und einer wohlbeleibten Dame mit Gemüsehut gegenüber, er saß auch, ei der Daus, wie ulkig, er saß auch einem Krikri und einer Lolo gegenüber.

Und Lolo fragte jetzt: »Kennen Sie Herrenflo, Herr Pfiff?«

Der kleine pfiffige Detektiv dachte kurz nach und schüttelte dann den Kopf.

»Ich kenne einen Herrn Ochs, einen Herrn Meise, ein Ehepaar Kalb, eine Frau Täubchen, einen Herrn Storch, aber leider keinen Herrn Floh!«

Herr Massukat hatte etwas im Gesicht, das wie ein Lächeln aussah.

»Ein kleines Missverständnis«, kicherte Lolo, und das Obst und Gemüse auf ihrem Kopf wogte hin und her. »Herrenflo ist ein altes Schlösschen bei Zöpfenhausen.«

»Na, so was, hehehehehe«, der kleine Detektiv musste einfach lachen.

»Das ist zwanzig Kilometer von hier entfernt!«, informierte Krikri.

»Das Schloss ...«

»Das Schlösschen, Lolo!«

»Das Schlösschen ist heute HUKS!«

»Aha, Huks«, sagte Balduin Pfiff. »Was es nicht alles gibt. Und was ist Huks? Eine Keksfabrik?«

»Hihihi, aber nein, HUKS heißt Haushalts- und Kochschule!«, erklärte Lolo und fuhr fort: »Drei Mal im Jahr werden dort Kurse abgehalten. Jeder Kurs dauert drei Monate.«

»Und die übrige Zeit steht das Haus leer?«

»Bis auf uns und seit Kurzem noch den Herrn Schlauch.«

»Herr Schlauch ist Pförtner und Gärtner und ein alter mürrischer Eigenbrötler, was, Lolo?!«, sagte Krikri und zupfte sich an seinem Bärtchen.

Lolo nickte. »Herr Schlauch wohnt im Erdgeschoss und wir im obersten Stockwerk. Seit vier Monaten wohnt er da. Aber glauben Sie, dass er uns schon einmal zu sich eingeladen hat?«

»Hat er niiiicht??« Balduin heuchelte Interesse. Innerlich fragte er sich, ob Krikri und Lolo zwanzig Kilometer gefahren waren, um sich bei ihm über einen Gärtner zu beschweren.

»Keine Spur!«, entrüstete sich Lolo. »Und als wir ihn zu uns eingeladen haben, man weiß ja schließlich, was sich gehört ...«

» ... wir wollten das Eis brechen!«, warf Krikri erregt ein und machte eine hastige Handbewegung. Und »Au!!« rief er und sah entsetzt auf seine Finger, zwischen denen zwei ausgerissene Barthaare zu Berge standen. »Da hat er uns einen Korb gegeben!«, vollendete Lolo. »Er bliebe lieber für sich allein. Er habe es von jeher abgelehnt, sich mit Hinz und Kunz an einen Tisch zu setzen. Hören Sie, Herr Pfiff«, Lolo schnappte nach Luft, und das Gemüse kam ins Schwanken, »er bezeichnete uns, Krikri und mich, als Hinz und Kunz. Was sagen Sie dazu?«

»Ich habe unverschämten Hunger ...«, antwortete der kleine Detektiv, den schon die ganze Zeit das Hungerzwicken seines Magens störte.

»Bi-Bitte?« Frau Massukat glaubte, sich verhört zu haben.

Balduin Pfiff klopfte auf das üppige Rund unter seiner Weste und sagte: »Das war nur meine innere Stimme!«

»Vielleicht wollen Sie schnell eine Kleinigkeit essen, Herr Pfiff?«, schlug Krikri, der Dünne, vor. Nanu, nanu ...

Balduins Augen musterten den mageren Mann. Heiliges Kanonenröhrchen, das war das Letzte ... Ob dieses Viertelpersönchen das ernst gemeint hatte. Natürlich! Wer so unschuldig aus seinem gestärkten Hemdkragen sah, der hatte!

»Herr Massukat, Mann, Männchen, wen, glauben Sie, haben Sie vor sich? Einen Schwellenzähler von der

Eisenbahn, was? Einen Zahnstocheranspitzer, he? Oder einen staatlich geprüften Briefmarkenzackenausschneider, was?«

Kristian Massukat war bei jedem Wort mehr zusammengesunken. Man konnte direkt Mitleid mit ihm haben.

»Na, nun rutschen Sie mir nicht gleich in die Sesselritze«, beschwichtigte ihn der Detektiv. »Ich wollte Ihnen nur kundtun, dass ich, Balduin Pfiff, ein alter Fresssack bin, hehehe. Ich esse weder schnell noch esse ich Kleinigkeiten!! Ich esse viel, gut und lange!! Klar?«

»Ganz recht«, Krikri nickte, und mit einem schüchternen Lächeln richtete er den linken spinnedünnen Zeigefinger auf seine Ehefrau. »Lolo ist eine erstklassige Köchin!«

»Sooooo?« Balduin Pfiff strahlte Frau Massukat an. Doch dann fiel ihm wieder ein, aus welchen Gründen er diesen beiden Herrschaften gegenübersaß. Und in detektivischem Ton sagte er: »Sie waren dabei stehen geblieben, dass der Gärtner Sie Hinz und Kunz genannt hatte. Wie ging's dann weiter?«

»Natürlich haben wir von Stund an kein Wort mehr mit ihm gewechselt!«, fuhr Lolo fort.

»Natürlich!« Balduin Pfiff nickte.

»Bis vor drei Wochen ...«

»Aha.«

»Nachdem es zum vierten Mal gespukt hatte.«

Der Detektiv fuhr auf und wiederholte ungläubig: »Gespuuukt?«

Lolo und Krikri sagten leise und gemeinsam: »Ja!« Plötzlich schien der kleinen umfangreichen Frau ein furchtbarer Verdacht zu kommen. Vorsichtig beugte sie sich vor und fragte: »Sie bearbeiten doch auch Gespenstersachen, oder?«

Durch Balduin Pfiff ging es wie ein Ruck. Er zog die Augen zusammen, richtete sich steil auf und versicherte, obwohl er noch nie einen »Gespensterfall« bearbeitet hatte: »Geister, Spuk und Nachtgespenster sind meine Spezialität! Ich bin der Schrecken aller Geister!«

»Gott sei dank.« Lolo seufzte glücklich, und auch Krikri gab einen Seufzer der Erleichterung von sich. Lolo fuhr fort: »Also vor drei Wochen hat mein Mann den Schlauch wieder angesprochen und ihm erzählt, dass es auf dem Dachboden spukt. Aber das hat den Schlauch nicht im Mindesten interessiert. Gelacht hat er und ...«

Sie schluckte und senkte den Kopf, nahm ihn jedoch schnell wieder hoch, da Obst und Gemüse das Ganze ins Rutschen brachte.

»Und was noch?« Balduin wollte es genau wissen.

»Er hat ... er hat Krikri den Puls gefühlt und gesagt, dass es höchste Zeit sei, zum Arzt zu gehen, wenn er schon Gespenster sehe.«

Herr Massukat reckte das zierliche Kinn vor wie Tarzan auf dem Baume und schüttelte sein rechtes Fäustchen.

»Aber dem habe ich es gegeben!«, tönte er.

»Hehehehe, haben Sie ihn verdroschen, Ihren Gärtner?«, erkundigte sich Balduin Pfiff, und in seinen Kulleraugen blitzte es verschmitzt.

»Viel schlimmer«, verkündete Herr Massukat stolz: »Ich habe ihn einfach stehen gelassen.«

»Ooooooo ... das hat ihn sicher getroffen.«

»Sicher!«, sagte Krikri, und es klang so, als glaubte er sich selber.

»Und Sie wollen nun von mir, dass ich das Gespensterunwesen auf Schloss Dingsbumsfloh untersuche.«

»Herrenflo, ja« Lolo nickte. Sie kramte ein Schriftstück aus ihrer Handtasche und hielt es Balduin Pfiff hin.

»Bitte, die Staatliche Schlösserverwaltung hat nichts dagegen einzuwenden und übernimmt die Hälfte der Kosten!«

»Ich bin nicht billig!«, sagte Balduin Pfiff pfiffig.

»Dafür sollen Sie aber der Beste sein!« Das kam von Krikri.

»Stimmt! Wer das behauptet, verbreitet keine Lügen! Balduin Pfiff sieht alles, merkt alles, findet alles und riecht alles. Gnä' Frau, Sie sollten ein wenig weniger Veilchen verwenden, hehehe ...«

»Oh, so eine gute Nase haben Sie?«

»Sie sind nicht zu überriechen! Tja, da fällt mir gleich eine Frage ein. Was tun Ihre Gespenster eigentlich?«

»Sie schießen, schreien, quietschen ...«, zählte Lolo auf, und Krikri vollendete: » ... und sie zertrümmern Scheiben, poltern und fahren mit ihren Autos aufeinander los.«

»Und das alles auf dem Dachboden?«

»Ja«, antwortete Herr Massukat. »Es klingt höllisch! Man kriegt Gänsehaut und kann nicht schlafen!« Auch jetzt schien der kleine Krikri Gänsehaut zu haben.

»Und es sind immer wieder die gleichen Geräusche«, wusste Lolo.

»Nur die Zeiten sind verschieden. Manchmal spukt es sogar schon lange vor Mitternacht«, sagte Krikri, und

Lolo ergänzte: »Aber nie ist es regelmäßig. Mal ist es an einem Freitag, dann wieder an einem Montag und manchmal auch am Sonntag.«

»Und Sie gehen dann am anderen Morgen hinauf auf den Dachboden und kehren die Scherben zusammen, oder?«

»Iiiiich?«, rief Frau Massukat entsetzt. »Aber niiiie! Seitdem es spukt, waren wir nie wieder auf dem Dachboden.«

»D-d-d-d-das wäre w-w-w-wohl ein bisschen v-v-viel verlangt!«, stotterte der Ehemann, und als er Balduin Pfiffs komischen Blick sah, setzte er schnell hinzu: »Wozu soll man sich unnötig in Gefahr bringen?«

Balduin Pfiff erhob sich. So ein Fall müsste natürlich gründlich überlegt werden. Schon deshalb, weil er ja in Wirklichkeit keinerlei Erfahrung mit Gespenstern hatte. Er legte die Hände auf den Rücken und die Stirn in Falten.

Mit Tschumm-Tschumm-Tschumm-Tschumm schlürfte er nachdenklich über den Teppich bis hin zum Fenster. Tschumm-Tschumm-Tschumm-Tschumm ging es zurück zum Sofa. Und noch einmal: Tschumm-Tschumm-Tschumm-Tschumm zum Fenster – Tschumm-Tschumm-Tschumm-Tschumm zum Sofa. Gerade noch rechtzeitig entdeckte er Pinsel, der die Gelegenheit wahrgenommen hatte und der Meinung zu sein schien, dass es höchste Zeit sei, sich wieder einmal in Erinnerung zu bringen.

Balduin Pfiff setzte sich neben ihn und Pinsel legte sofort den Kopf auf seine Knie.

»Und wann soll die Gespensterjagd beginnen?«

»Wir würden uns gern nach Ihrem Terminkalender richten, Herr Pfiff!«, sagte Frau Massukat.

Balduin Pfiff lehnte sich zurück, legte die Füße auf den Tisch, ließ die Augen zuklappen und begann, im Geiste in seinem Terminkalender zu blättern. Heiliges Kanonenröhrchen und ei der Daus, konnte er sich denn auf so was einlassen? Schließlich war er ein seriöser Detektiv ... Auf der anderen Seite ... wenn diese Lolo wirklich eine so gute Köchin war, hm ...

Herr und Frau Massukat wagten kaum zu atmen.

Eine Minute später setzte sich Balduin Pfiff wieder und verkündete in feierlichem Tonfall: »Der Meister wird morgen bei Ihnen erscheinen! Wie komme ich am besten zu Ihrem Herrenflo?«

Die beiden waren ganz aus dem Häuschen, als sie hörten, dass der Detektiv den Fall übernehmen würde. Aufgeregt schnatterten sie eine Wegbeschreibung herunter, und ebenso schnell verstummten sie, als der kleine Detektiv abwinkte.

»Sie brauchen mir gar keine Abkürzung zu erklären, ich habe nämlich kein Auto, hehehe. Balduin Pfiff ist ein leidenschaftlicher Pflastertreter, was Pinsel?«

»Wau-wau!«

Lolo und Krikri wollten es nicht glauben. Ein Detektiv ohne Auto, gab's denn so was?

»Und wenn Sie mal schnell wo sein müssen?«, fragte Kristian Massukat, der Kleine, Feine.

»Wenn ich schnell wo sein muss, nehme ich ein Ssssst! Taxi! Und wenn ich wo ganz besonders schnell sein muss, nehme ich ein Ssssst-Ssssst! Flugzeug, hehehe.«

»Bei uns hält der Omnibus direkt vor der Tür.«

»Aha, und das mit der guten Köchin stimmt wirklich?«

Frau Massukat klopfte sich auf den Busen und versicherte: »Ich werde Sie davon überzeugen, Herr Pfiff! Wünschen Sie sich was!«

»Niemals!«, wehrte Balduin Pfiff ab. »Ich lasse mich überraschen. Aber ein Geheimnis werde ich Ihnen verraten.«

»Ja??« Gespannt beugte sich Frau Massukat vor.

»Wer mich zum Essen einlädt, muss so viel kochen, backen oder braten, dass es für mindestens drei Besucher reicht. Für Balduin, für Pfiff und für den Detektiv, hehehehehe ...«

Die Uhr zeigte 22 Uhr 14 an, als Balduin Pfiff seine neuen Auftraggeber hinunter zur Haustür begleitete. Alle Einzelheiten waren besprochen.

Zuletzt hatte er dem schmalen Herrn Massukat sogar noch sein »Köfferchen für kleine Reisen« in die Hand gedrückt. Wozu sollte er sich damit abschleppen, wenn die anderen vor der Haustür ein Auto stehen hatten. Ja, und dann war Balduin Pfiff, schnell wie der Fliegende Holländer, die Treppen zurückgeeilt, denn sein Magen knurrte inzwischen ganze Symphonien zusammen.

»Möge nie jemand erfahren, was ich jetzt alles gegessen habe!«, stöhnte er, als er sich, kurz vor Mitternacht, prall gefüllt und gestopft wie eine Weihnachtsgans, auf sein Bett fallen ließ.

Das Letzte, was er sah, bevor er in einen tiefen, tiefen Schnarchschlaf fiel, waren die zuckenden Beine von Pinsel, der im Traum entweder Reißaus nahm oder der hässlichen Promenadenmischung von Herrn Szimmel hinterhersauste ...

Ein neuer Morgen!

Ein neuer Tag.

Als Balduin Pfiff die Augen aufschlug, sah er über sich Pinsels struppigen schwarzen Kopf, und er wusste im gleichen Augenblick, dass er verschlafen hatte.

Er schielte zu seinem Großmutterwecker hin und fuhr, wie von einer Riesenstecknadel getroffen, aus seinem Kissengebirge hoch. Für Pinsel kam das so überraschend, dass er einen Salto rückwärts machte.

»Heiliges Kanonenröhrchen, Dicker, das darf doch nicht wahr sein!«, schnauzte er sich selbst an. 11 Uhr 33 ...

Balduin Pfiff packte den Wecker und hielt ihn gegen sein Ohr.

Tick-tick-tick-tick ...

Also am Wecker lag's nicht.

11 Uhr 33, das war für ihn persönlicher Weltrekord. So hatte er noch nie verschlafen!

»Wau-wau-wau!!«, schimpfte Pinsel vom Bettende.

»Ja, jetzt nützt mir dein Gehuste nichts mehr. Wozu bist du mein Wachhund, wenn du mich nicht wach machst? Du bist genauso eine Schlafmütze wie ich! Drei Minuten nach halb zwölf, ei der Daus, wenn das die Mutter meiner Schwester wüsste. Runter, Pinsel!!« Pinsel brachte sich mit einigen raschen Sprüngen in Sicherheit. Er wusste, wenn sein Herr in diesem Ton mit ihm sprach, dann war dicke Luft.

Sssssst!, sauste Balduin Pfiff unter die Dusche.

Neun Minuten später saß er gewaschen, gekämmt und rasiert am Frühstückstisch und hielt Diät! Jawohl,

Diät! Er aß nur sieben Scheiben Knäckebrot und trank statt des üblichen ganzen nur einen dreiviertel Liter Buttermilch.

Und auch den nicht langsam und genussvoll, sondern im sogenannten Schnellschluckverfahren. Das geht so: Zuerst einen großen Schluuuuck und dann zwölf kleine Schluck-Schluck-Schluck-Schluck-Schluck-Schluck-Schluck-Schluck-Schluck-Schluck-Schluck-Schluck – und weg war der dreiviertel Liter.

Genau eine Minute vor 12 Uhr Mittag betrat er die Buchhandlung von Theodor Stauble, und, noch genauer, um 12 Uhr 11 verließ er sie.

Unter dem Arm ein dickes Buch mit dem Titel: »Mitternacht – Der richtige Umgang mit Geistern, kleinen und großen Gespenstern und fliegenden Spukern«.

Gleich nach dem Mittagessen (Bratkartoffeln, eine dicke Scheibe Schweinskopfsülze und eine Familienpackung!! Eis und Sahne) legte sich Balduin Pfiff auf sein Sofa und begann, das wichtige Werk über die Geister zu studieren.

Das Kapitel »Dachbodengespenster« las er gleich drei Mal.

Um 18 Uhr 15 klappte er das Buch zu und sagte zu Pinsel, der erschöpft von der Nagearbeit an einem übergroßen Knochen neben dem Ofen lag: »So, du Spinnenjäger und Fliegenschreck, jetzt wissen wir alles über Gespenster!«

»Wauuu!«, klang es müde herauf.

»Zum Beispiel nehmen es Dachbodengespenster übel, wenn man sie mit Blitzlicht belästigt. Hehehehe, belästigt ist gut, was, Pinsel?« Balduin Pfiff spitzte die Lippen und fuhr fort: » Sie mööööogen es nücht, wenn man Hunde auf sie hetzt oder sie mit Wasser bespritzt, ach nein, ach nein. Dagegen lieben sie den Geruch von Mottenkugeln und alte Uniformen, hehehehe ... He, Pinsel, schlaf nicht!«

»Wauuu ...«

Balduin Pfiff zog seine Mundharmonika aus der Westentasche und begann, einen Schlager nachzuspielen, den er kürzlich im Radio gehört hatte. O ja, der Meisterdetektiv war inzwischen zum reinsten Tonakrobaten auf dem kleinen Instrument geworden.

Pinsel hob kurz den Kopf und überlegte, ob er nun jaulen sollte oder nicht. Nein, er wollte nicht! »Blobbs!«, klang es, als er seinen Kopf wieder neben den Knochen fallen ließ. Sollte er doch blasen, bis ihm die Puste ausging.

Balduin Pfiff steckte die Mundharmonika weg.

»Auf, auf, Pinsel, zum fröhlichen Gespensterjagen, erhebe dich. In einer halben Stunde geht unser Omnibus!«

Pinsel öffnete ein Auge und schloss es wieder, als er sah, wie sein Herr auf ihn zukam. Flugs drehte er sich auf den Rücken und streckte alle viere von sich.

»Jetzt kraulen wir nicht, jetzt machen wir uns fein für die Gespenster und Lolos gute Küche!«

Zehn Minuten später war der kleine Detektiv so weit. Wie üblich tastete er ab, ob alles wie gewohnt an Ort und Stelle saß; die Pinzette, die Lupe und Kunigunde. Er steckte noch die Mundharmonika in die Westentasche, packte seinen Schirm – und los ging's.

Links-zwo-drei-vier …

Links-zwo-drei-vier …

Im Omnibus saßen sie ganz hinten. Pinsel, der wohl zum ersten Mal in seinem Hundeleben in einem Omnibus fuhr, war ganz außer Rand und Band. Sein schwarzer Strubbelkopf zuckte hin und her. Er konnte gar nicht so schnell gucken, wie er wollte. Kaum gab es bei einem vorbeihuschenden Dackel was zu bellen, schon musste er sich wieder klein machen, weil jenseits der Scheibe ein grimmig aussehender Riesenboxer auftauchte.

Als der Omnibusfahrer die Haltestelle »Schloss Herrenflo« ausrief, war es draußen schon ziemlich dunkel geworden. Balduin Pfiff hängte die Leine an Pinsels Halsband fest, was dieser mit einem ärgerlichen Brummlaut quittierte.

»Muss fürs Erste sein, Pinsel!!«

Krikri, der Faden, erwartete sie. Wie wild winkte er, als er den Detektiv erspähte.

»Fein, dass Sie da sind!«, rief er und tat, als stünde er schon seit zehn Stunden hier. Pinsel roch nur einmal kurz an Herrn Massukats Hosenbein und nahm dann keinerlei Notiz mehr von ihm. Zu viele andere Gerüche erfüllten die Luft. Es roch nach Bäumen, Blättern, Blüten, Erde, Pflanzen und tausend Dingen, die ihm noch nie an der Nase vorbeigezogen waren.

Auch Balduin Pfiff erschnupperte ein von seinem Begleiter ausgehendes Düftchen. Und wenn das kein Currygeruch war, dann hieß er nicht Balduin Pfiff, sondern Baldrian Pfeffer!

Sie durchquerten einen großen Park mit alten hohen Bäumen und standen schließlich vor einem Schlösschen mit vielen Fenstern.

Im Erdgeschoss war eines davon erleuchtet.

»Dort wohnt der Schlauch!«, flüsterte Krikri. »Der hat auch einen separaten Eingang.«

»Aha«, flüsterte Pfiff zurück.

»Brrrr«, knurrte Pinsel. Er konnte Geflüster nicht ausstehen.

Die Fensterreihen des ersten und zweiten Stockwerkes waren unbeleuchtet. Erst im dritten Stock gab es Licht hinter drei Fenstern.

»Sind zweiundsiebzig Stufen!«

»Die reinste Bergbesteigung!«, murrte Balduin, bückte sich und ließ Pinsel von der Leine.

»Wau-wau!«, bedankte sich der laut, und es hallte ein bisschen.

Alle 72 Stufen waren breit, aus Stein und bequem zu erklimmen. Trotzdem fühlte der Detektiv einige Schweißperlen auf der Stirn, als sie ihr Ziel erreicht hatten. Der schmale Krikri dagegen tat, als sei er nur mal eben über eine Pfütze gehüpft.

»Aber der hat die Treppen ja kaum berührt, so dünn wie er ist. Den hat die warme Luft nach oben schweben lassen«, so dachte Balduin Pfiff, während er sich den Schweiß abtupfte.

»Da sind Sie ja«, empfing ihn Lolo strahlend und mit viel Stimme. Fast ihr ganzer beachtlicher Umfang wurde von einer weißen Schürze bedeckt, während ihre Locken unter einem weißen Häubchen steckten.

»Treten Sie ein, Herr Pfiff. Das Essen ist fertig und der Tisch ist gedeckt!«

Die brave Lore Massukat hatte an alles gedacht. Nicht nur, dass es ein Curryhühnchen in Soße gab, wie es Balduin Pfiff noch nie gegessen hatte, es gab auch eisgekühlte Buttermilch und für Pinsel eine ganze Schale voll zarter Knorpelknochen vom Kalb. Während des Essens erfuhr der Detektiv auch, dass es in der vergangenen Nacht nicht gespukt hatte.

»Heiliges Kanonenröhrchen«, sagte er daraufhin, »die Geister werden doch hoffentlich nicht in die Ferien gefahren sein, was?«

Die beiden Massukats lachten ein bisschen gequält. Auch Pfiff lachte, nur lachte er äußerst gut gelaunt. Denn immerhin musste er so lange bleiben, bis der »Fall Gespenster« geklärt war. Und das hieß Wartezeit mit Vollpension. Vollpension wiederum hieß bei Balduin 1. Frühstück, 2. Frühstück, Mittagessen, Kaffeetrinken, Abendmahlzeit und – ein »kleines« Nachtessen, hehehehe ... Und wenn dazu noch das Bett von wattiger Weiche war und sich niemand an seinem Schnarchen störte, dann konnten die Gespenster seinetwegen auf Weltreise gegangen sein ...

Sie plauderten, und Balduin Pfiff erzählte von den Dingen, die Gespenster gern hatten und wogegen sie empfindlich reagieren sollten. Als die Sprache auf den Mottengeruch kam, verschwand Lolo und kehrte wenig später mit einem ganzen Korb voll Mottenkugeln zurück.

Und sie plauderten weiter ...

Je später es allerdings wurde, umso wortkarger zeigten sich Lolo und Krikri. Immer öfter sahen sie verstohlen zur Decke ...

Kurz nach 22 Uhr griff der kleine Detektiv zur Mundharmonika und blies leise ein paar Weisen. Sogar Pinsel, der lang ausgestreckt neben dem leeren Napf lag, schien sich an diese Art von Musik gewöhnt zu haben und zwinkerte nur mit dem linken Auge.

22 Uhr 30.

Hoppla, hoppla, um ein Haar wäre Balduin das Schüsselchen mit dem Mandelpudding vom Tisch gerutscht. Frau Massukat saß mit gefalteten Händen auf der Couch neben ihrem Mann, Pinsel rekelte sich satt und zufrieden. Sein Schnarchen und Balduins Löffelgeklapper waren die einzigen Geräusche im Zimmer.

»Komisch«, dachte der kleine Detektiv, während es ihm schmeckte wie beim letzten Mal, »an so eine Stille muss man sich erst gewöhnen.« Kein Glockenschlagen, kein Straßenbahngekreisch, kein Autobremsen und nicht mal ein Von-Fenster-zu-Fenster-Rufen drangen durch die etwas geöffneten Fenster.

22 Uhr 44.

Balduin Pfiff fiel ein Reim ein, den er am Nachmittag in jenem Fachbuch über das Gespensterunwesen gelesen hatte. Laut und mit geheimnisvoller Betonung zitierte er:

»Ein guter Geist spukt seine Runde,
nie anders als zur Geisterstunde.
Sogenannte Geistertäter,
spuken früher oder später.«

»Was soll das heißen?«, wollte Krikri, der Faden, wissen.

»Das soll heißen«, erklärte der Detektiv, »dass für die Geisterwissenschaftler alles, was vor Mitternacht oder nach ein Uhr nachts geschieht, nicht als Spuk zählt.«

»Das sind dann die Geistertäter«, flüsterte Lolo leise und rutschte einen Zentimeter weiter an Krikri heran.

»Oder Täter, die sich als Geister ausgeben!« Balduin Pfiff sagte es mit gewichtiger Miene. Dabei war er so angenehm müde, dass er heute Abend gern auf jegliche Geisterjagd verzichtet hätte. Aber, ei der Daus, das durfte er ja nicht laut sagen. Die hielten ihn dann vielleicht gar noch für eine Schlafmütze ...

»Uuuuaaääääh«, er musste gähnen ... Geisterjagd ... so was Doofes ...

Eigentlich wollte Balduin Pfiff gerade noch einmal gähnen, aber da erscholl ein dumpfer Schrei und anschließend ein Schuss.

Beides klang weit entfernt, und doch gab es keine Zweifel darüber, dass diese Geräusche vom Dachboden kamen ...

Es war 22 Uhr 55!

Pinsel war aufgesprungen und knurrte die Lampe an, die von der Decke hing.

Lolo hielt die Augen geschlossen und die rechte Hand auf den Mund gepresst. Mit der anderen klammerte sie sich an Krikri fest.

Krikri dagegen, blass und bebend, deutete mit dem Finger nach oben.

»Ich höre selbst, dass es nicht aus dem Keller kommt!«, blies ihn Balduin Pfiff an. Krikri zog daraufhin erschrocken seinen ausgefahrenen Finger wieder ein.

Ein tiefes Hundebellen tönte jetzt durch die Decke. Pinsel verschwand wie der Blitz unter dem Tisch. »Chrrrrr-wau!!«, drohte er von dort aus. »Chrrrr-wau!«

»Ruhe, Pinsel!!«

Ein erneuter Schrei, ein unverständliches Kommandieren, plötzlich Musik und gleichzeitig kreischendes Anfahren eines Autos. Es musste sich bei dem Auto um einen Rennwagen handeln.

Lolo öffnete die Augen. »Das ist neu!«, flüsterte sie.

»Chrrrrrr-Chrrrrrr«, brummte Pinsel.

»Ich gehe jetzt hoch!«, entschied Balduin Pfiff und versuchte, mutig auszusehen.

Er ergriff alles, was er bereits vorbereitet hatte. Ein mörderisches Quietschen! Das Rennauto auf dem

Dachboden musste eine Vollbremsung getätigt haben. Ei der Daus und Heiliges Kanonenröhrchen!

Und er, der Meisterdetektiv, stand da mit einer Taschenlampe und einem Korb Mottenkugeln. Ein Glück, dass ihn jetzt die Kollegen nicht sahen. Oder gar sein Freund, der pingelige Inspektor Schulze.

Lolo und Krikri waren ganz eng zusammengerückt und schienen erstarrt zu sein über den Mut des kleinen dicklichen Detektivs.

Das Rennauto fuhr an. »Tiitaa-Taaa-Tiii-Tiii-Tiitii-taaaa!« Eine Hupe, natürlich war das eine Hupe!

Ein neuer Schrei, komisch ... und dann plötzlich wieder Musik.

Balduin Pfiff zwang sich zu einem meckernden Lachen. »Hehehehe, sollte ich in einer halben Stunde noch nicht zurück sein, dann telefonieren Sie nach einem Krankenauto!«

»Kra-Kra-Krankenauto??«, stotterte Krikri, der Faden, und wurde noch blasser.

Balduin Pfiff zeigte mit der Taschenlampe nach oben. »Bei dem Verkehr auf Ihrem Dachboden? Sollte ich heil runterkommen, trinke ich zwei Liter Buttermilch auf einen Zug! Komm, Pinsel, es wird spannend!«

Balduin Pfiff war von Kristian Massukat genauestens über den Weg, der zum Dachboden führte, informiert worden.

Zehn Meter von der Wohnungstür entfernt gab es eine grau gestrichene massive Eisentür. Der Detektiv suchte unter den nummerierten Schlüsseln des mitgenommenen Bundes den Schlüssel mit der Nummer 19 und schob ihn behutsam ins Schloss. Sein Versuch, die schwere Tür leise zu öffnen, misslang.

Die Scharniere kreischten, als seien sie zuletzt an Kaisers Geburtstag geschmiert worden.

Balduin Pfiff schaltete das elektrische Licht ein. Zwölf hölzerne Stufen führten aufwärts.

Oben eine weitere Tür. Diese aus Holz und, wie Krikri zu berichten wusste, unverschlossen. Von jenseits dieser Tür drangen eigenartige Geräusche an Pfiffs Ohr. Es klang wie hohntriefendes Lachen, das von Planschgeräuschen begleitet wurde. Als würde jemand in einer mit Wasser gefüllten Badewanne Walzer tanzen. Vorsichtig setzte der kleine Detektiv seinen Fuß auf die erste hölzerne Stiege und zog behutsam seine 199 Pfund hinauf.

Es knarrte steinerweichend.

Pinsel saß bereits oben vor der Tür aus Eichenholz und drehte aufmerksam lauschend den Kopf hin und her.

Da!!!

Ein widerliches Lachen, dann ein lautes Splittern. Balduin Pfiff zog unwillkürlich den Kopf ein. Das Gespenst in der Badewanne schien mit Einmachgläsern zu werfen.

Die Antwort bestand aus einem höhnischen Gelächter. Anscheinend hatte es sein Ziel verfehlt.

Pinsel knurrte leise und setzte sich so, dass er im Falle einer Gefahr wie eine Rakete nach unten ausreißen konnte.

Balduin Pfiff legte die restlichen elf knarrenden Stufen zurück.

»Ich habe noch nie gehört, dass sich Gespenster in der Badewanne aufhalten!«, murmelte er und setzte den Korb mit den Mottenkugeln auf die oberste Stufe. Dann schaltete er das Licht aus und presste sein Ohr gegen das Holz der Bodentür.

» ... und ich prophezeie dir, deine Zeit ist vorbei, deine Uhr ist abgelaufen!«, sagte eine männliche Stimme, und es klang, als spräche sie mit einem Plastikeimer über dem Kopf.

Eine weibliche Stimme antwortete, und auch sie klang, als säße die Besitzerin unter einem Fass:

»Glaubst du denn wirklich, dass ich allein hierhergekommen bin, Viktor? Irrtum! Du sitzt in der Falle!«

»Deine Späße sind hinreißend, Mathilda. Da hockst du nun gefesselt in einer Badewanne und sprichst von Falle, hahahaha!«

»Ich bin nicht allein!!«, kreischte sie. Und er: »Das Schöne dabei ist, dass du schreien kannst und niemand dich hören wird.«

»Kanaille!«, rief sie.

Klock-Klock-Klock-Klock ... Balduin Pfiff zuckte zusammen.

Dieses neue Geräusch kam aus seiner nächsten Umgebung.

Klock-Klock-Klock-Klock-Klock ...

Was war das? Heiliges Kanonenröhrchen, was »klockte« denn da?

Klock-Klock-Klock-Klock-Klock ...

»Ich werde jetzt das Badewasser aufdrehen, Mathilda. Wenn deine Leute noch was von dir sehen wollen, müssen sie sich beeilen ...«

Auf dem Dachboden begann das Badewasser in die Wanne zu rauschen.

Klock-Klock-Klock-Klock ... machte es nach wie vor neben Balduin Pfiff. Und weil dieses »Klock-Klock« dem Detektiv noch mehr an die Nerven ging als die seltsame Unterhaltung zwischen zwei offensichtlich bösen, hinterhältigen Gespenstern, schaltete er kurzentschlossen das elektrische Licht im Treppengang ein.

Klock-Klock-Klock-Klock ...

»O Pinsel, was bist du nur für ein Hund!!«, fauchte Balduin seinen kleinen vierbeinigen Freund an.

Was da »Klock-Klock« machte, war nichts anderes als Mottenkugeln. Sie fielen von Stufe zu Stufe, nachdem sie Pinsel aus dem Korb gefischt und ihnen einen Schubs gegeben hatte.

Blöbb-Blöbb-Blöbb-Blöbb machte Pinsels Stummelschwanz fröhlich, glaubte der schwarzstrubbelige Kobold doch, dass Balduin Pfiff die gleiche Freude über die hüpfenden Kugeln empfinden würde.

Der Detektiv packte das Körbchen und stellte es mit einem grimmigen Zischlaut zur Seite. Dann presste er sein Ohr wieder an die Bodentür.

»Stell das Wasser ab!!«, schrie gerade die Gespensterfrau.

»Haha ... sieht das gut aus. Mathilda steht das Wasser bis zum Hals!«, rief das hundsgemeine Gespenst namens Viktor dumpf zurück.

»Schurke, Schuft, Gangster, Halunke, Gauner, Lump, Feigling!«, keuchte Mathilda.

Balduin Pfiff drückte seinen Kopf noch fester gegen das Holz und vermeinte das Brodeln und Sprudeln des »Wasserkampfes« zu hören. Seltsam, was solchen Geistern in Augenblicken höchster Gefahr noch an Schimpfworten einfiel. Aber dieser Viktor war auch nicht von Pappe.

»Sag mir, wie dein Verbindungsmann heißt, und ich stelle das Wasser ab!«, sagte der.

»Niemals ...«, gurgelte es aus der Wanne. Eigentlich müsste das Nass bald durch die Dachbodentür sickern. »Niema...« und dann Husten. Sicher wollte sie »niemals« sagen, bevor ihr das Wasser in den Mund floss. Arme Mathilda!

Und dann passierte es.

Beim plattfüßigen Hieronymus, für einen Augenblick glaubte der kleine rundliche Detektiv, sein letztes Stündlein sei gekommen.

Die Tür wurde von innen aufgerissen, und Balduin stürzte, wie von einer riesigen Hand gezerrt, auf den Dachboden. Er rief »Au!!!!«, als er mit der Stirn auf Stein aufschlug, und er hielt den Atem an, als dicht neben seinem Ohr eine dumpfe Stimme warnte: »Eine falsche Bewegung und ich schieße!«

Das Wasserrauschen hatte aufgehört, und Mathilda rief: »Schieß ihm zwei Gucklöcher in die Waden, dann wird ihm das Spionieren ein für alle Mal vergehen! Anschließend le...«

Was anschließend geschehen sollte, erfuhr Balduin Pfiff nicht mehr, denn die Geisterstimmen waren schlagartig verstummt. Dafür drang ein weit entferntes, undeutliches Gemurmel an sein Ohr.

Vorsichtig hob er den Kopf.

»Ei der Daus, mir wächst 'ne Beule!«, stellte er fest, als seine tastende Hand über die Stirn strich.

Es fiel genügend Licht vom Treppenaufgang herein, um ihn die nächste Umgebung erkennen zu lassen. Keine Badewanne, kein Rennauto, keine Glassplitter, keine Mathilda und kein Viktor.

Dagegen so viel Plunder, Trödelkram und altes Mobiliar, um damit einen zwanzig Meter hohen Gerümpelberg errichten zu können.

Keine Gespenster?? Keine Geister?? Kein Spuk?? Wo war Pinsel geblieben?

Eines schien klar: Die Bodentür war von niemandem geöffnet worden, sondern nur nicht richtig eingeklinkt gewesen. Und als Balduin Pfiff seine gesamten 199 Pfund dagegengelehnt hatte, war es eben geschehen.

Aber noch eine Entdeckung machte der kleine Detektiv. Und die war so umwerfend, dass er zuerst einen sieben Meter langen Pfiff ausstieß, Pfuiiiiiiiiiiiiiiiiiiiiiiiiiiiiiiiiiiiiiiit, und gleich noch drei »Heilige Kanonenröhrchen« dranhängte.

Direkt neben seinem Kopf gähnte ein großes schwarzes Loch im Mauerwerk. Es musste sich bei diesem Bauwerk um einen Kamin handeln. Das Loch, quadratisch und etwa einen halben Meter breit, wirkte unheimlich. Früher war diese Öffnung mit einer Steinplatte verschlossen gewesen, die jetzt davor lag und der Balduin Pfiff das Horn auf seiner Stirn verdankte.

Er hielt ein Ohr in den schwarzen Schlund, doch bevor er mehr von dem Gemurmel hören konnte, das aus unendlicher Tiefe zu kommen schien, verstummte es. Und dann erschrak der Detektiv zum zweiten Mal an diesem späten Abend.

Just in dem Augenblick, als er seinen Kopf weiter hineinstecken wollte, rief es dumpf, aber überlaut: »Du

wirst uns nicht entkommen!!« Zwei Schüsse krachten, und das bereits bekannte Rennauto fuhr röhrend davon.

»Au!!!« Diesmal hatte sich Balduin Pfiff den Hinterkopf eingerannt.

»So, Baldi, du Edelflasche, jetzt geh und mache Schluss mit dem Spuk!«, rief er sich zu. Und er knirschte mit den Zähnen.

Es dröhnte, als er die zwölf Holzstiegen hinunterpolterte. Listig schob er seinen Kopf um die Ecke — und wen sah er? Er sah Pinsel vor Massukats Wohnungstür hocken. Klein und ängstlich. Von Lolo und Krikri keine Spur.

»Hehehehe, mein Wachhund ist ein Ausreißhund! Dich wird man nie zum Mond mitnehmen!«

Pinsel sprang auf und kam auf ihn zugeschossen. Quietschend, bellend und freudig jaulend sprang er an ihm hoch.

Von Lolo und Krikri noch immer keine Spur.

»Komm mit, wir statten dem Vater aller Geister einen Besuch ab!«

Balduin Pfiff verschloss die Eisentür und begann, mit lautem Klapp-Klapp-Klapp-Klapp 72 Stufen abwärtszumarschieren ...

Ding-Dong-Dong-Dooong, klang es, als der Detektiv auf das Knöpfchen drückte.

Nichts rührte sich, dabei brannte Licht hinter einem der Fenster.

Ding-Dong-Dong-Dooong!

»Wau-wau-wau!« Auch Pinsel gab seinen Quark dazu.

»Was ist los?«, fragte eine mürrische Stimme von jenseits der Tür.

»Hier steht der Schrecken aller Geister!«, rief Balduin Pfiff.

»Mann, was wollen Sie? Wissen Sie überhaupt, wie spät es ist?«

»Noch keine Geisterstunde! Ich bringe Grüße von Viktor und Mathilda!«

Zuerst Stille auf der anderen Seite, dann war aus der mürrischen Stimme eine angriffslustige geworden: »Moment, Sie Geisterschreck, ich ziehe mir nur was an. Für Verrückte hatte ich schon immer eine Leidenschaft.«

Während Balduin Pfiff wartete, versuchte er, Worte zu finden, die sich auf Schlauch reimten.

Bauch, fand er. Auch, Hauch, Lauch ... Bei Rauch öffnete Herr Schlauch.

Herr Schlauch war groß, kantig und grauhaarig und in einen Kimono gehüllt.

»Aha, Sie sind bewaffnet«, sagte er und deutete auf Pinsel.

»Hehehehe, ein Gärtner mit Humor.« Balduin lachte.

»Und Sie sind ein ziemlich kleiner Geisterschreck!«, sagte Herr Schlauch, der Mann, der sich nicht mit Hinz und Kunz an einen Tisch setzte. Plötzlich schlug er sich vor die Stirn. »Natürlich, Sie sind doch der Mann, den Massukat heute Abend vom Omnibus abgeholt hat ...«

»Stimmt!«, antwortete der Detektiv und stellte sich mit »Brust-raus-Manier« vor: »Gestatten, Balduin Pfiff, Meisterdetektiv aller Klassen, zurzeit auf Geisterjagd.«

»Aha ... Ich verstehe kein Wort!«, gab der Gärtner zurück, dann schüttelte er den Kopf. »Vor allen Dingen begreife ich nicht, wie Sie auf Viktor und Mathilda kommen.«

»Darf ich mit meiner ›Waffe‹ eintreten und Ihnen die Hintergründe erklären?«

Herr Schlauch lachte und gab die Tür frei.

Wenig später sah sich Balduin Pfiff in dem ebenso geräumigen wie rustikalen Wohnraum des Gärtners um. Als er den riesigen offenen Kamin entdeckte, in dem klobige Buchenscheite aufgeschichtet waren, nickte er fröhlich.

»Nicht mehr in Betrieb, was?«

»Nein, schon lange nicht mehr.«

Rechts und links neben dem Kamin standen große Lautsprecherboxen. Ein teures Tonbandgerät, ein Rundfunk-Steuergerät und ein Plattenspieler befanden sich in einem Regal.

»Also, nun raus mit der Sprache, Herr Geisterschreck. Woher wissen Sie von Viktor und Mathilda?«

»Ich war auf dem Dachboden und habe zugehört.«

Herr Schlauch riss Mund und Augen auf. »Waaaas???«, fragte er, und Balduin Pfiff erzählte seine Geschichte:

»Seit drei Wochen spukt es auf dem Dachboden, und seit drei Wochen leben die beiden Massukats mit Gänsehaut, denn fast jede Nacht wird auf dem Dachboden geschossen, geschrien und mit Autos in Schaufenster und anderswohin gefahren. Sie sahen sich nach einem guten Detektiv um, einem sogenannten Fachmann für Gespenster, und kamen auf Balduin Pfiff, also ...«, der kleine Detektiv rammte sich den dicken runden Zeigefinger gegen die Brust, » ... auf mich! Heute Abend nun erklomm ich den Dachboden und wurde Ohrenzeuge, wie Viktor die arme Mathilda in der Badewanne ertränken wollte. Pfui, kann ich da nur sagen!«

Herr Schlauch stand noch immer mit offenem Mund da und wusste nicht, was er sagen sollte. Der Detektiv fuhr fort: »Zuerst glaubte ich, Sie hätten den Massukats einen Streich spielen wollen und oben einen Lautsprecher montiert, aber dem war nicht so. Die leere Kaminröhre übernahm aus irgendwelchen mir unerklärlichen Gründen die Funktion des Lautsprechers. Wahrscheinlich spielen Sie Ihre Geschichten mit ziemlicher Lautstärke ab, was? Seit wann haben Sie denn diese gewaltige Anlage?«

In Herrn Schlauch kam Leben zurück.

»Also, ich bin restlos geschafft«, dröhnte er. »Dann war das dem Massukat also wirklich ernst mit den Gespenstern. Und ich habe geglaubt, der sei nur mit den Nerven am Ende. Ja, seit drei Wochen steht die Anlage, und was Sie da über die Lautstärke gesagt haben, das stimmt schon. Und noch was muss ich zugeben: Ich bin ganz verrückt auf Kriminalhörspiele, in denen es hoch hergeht, die Pfeffer haben. Manche schneide ich mit und höre sie mir dann immer wieder an. Wie zum Beispiel dieses hier, mit den beiden Meisterspionen Mathilda und Viktor. Das Stück heißt ›Das Geheimnis der Topfpflanze‹. Schon mal gehört?«

Pfiff schüttelte den Kopf. Er sagte nur: »Mann o Mann ...«

»Das ist mir aber sehr peinlich!«, beteuerte Herr Schlauch, und man sah ihm an, dass er es ehrlich meinte.

»Oh, Sie brauchen nur die rausgebrochene Steinplatte im Dachboden wieder einzumauern ... Und was die Peinlichkeit anbetrifft, Heiliges Kanonenröhrchen, so hätte ich da schon einen Vorschlag zu machen!«

»Machen Sie, Herr ... Herr ...«

»Pfiff! Pfiff wie pfuiiiit Pfeife, hehehehe. Ich schlage vor, wir stürmen jetzt gemeinsam zweiundsiebzig Stufen hinauf und klären den Fall. Die beiden Massukats werden dankbar sein und Verständnis haben! Einverstanden?«

»Einverstanden!«

Balduin Pfiff streckte die Arme weit auseinander und schnalzte genießerisch mit der Zunge. »Ich schmecke sie schon auf der Zunge ...«, sagte er.

»Was schmecken Sie schon auf der Zunge?«

»Das verrate ich Ihnen, wenn Sie mir verraten, wie die Geschichte mit Viktor und Mathilda ausgegangen ist!«

»Verrate ich Ihnen. Jetzt gleich?«

»Nein, später. Mein Geheimnis können Sie allerdings gleich erfahren: Auf mich warten zwei Liter eisgekühlte Buttermilch, hehehehe!« Und dann blieb dem kleinen Detektiv das Lachen mitten in der Kehle stecken. »Pinsel!!!«, schrie er voller Schreck, »was hast du denn da? Ei der Daus, das ist doch ... das ist doch ...«

»Nur keine Aufregung«, sagte Herr Schlauch. Er tippte sich auf den Kopf. »Das hier ist das Original. Ihre ›Waffe‹ hat nur meine Ersatzperücke erwischt!« Balduin Pfiff schluckte.

»Vielen Dank für Ihre Nachsicht!«

Pinsel ließ die Perücke fallen und nieste.

»Er mag Ihr Haarwasser nicht, welch ein Glück, hehehe ...« Und dann marschierten sie gemeinsam jene 72 Stufen hinauf, und Balduin Pfiff war sehr froh darüber, dass Herr Schlauch nicht schwebte wie der Faden Krikri, sondern ebenso schnaufte wie er, Balduin Pfiff, der Geisterschreck aller Klassen ...

Leseprobe aus:

Wolfgang Ecke

MEISTERDETEKTIV BALDUIN PFIFF

Die Bronze-Räuber

Balduin Pfiff lag breit und behäbig wie der Erfinder der Bequemlichkeit auf seinem Sofa und schnarchte. Aus seinem halb offenen Mund erklang eine leise Melodie mit immer gleichem Rhythmus:

Nrrrrrrr – phhhhhhh ...

Nrrrrrrr – phhhhhhh ...

Wenn er mit »Nrrrrrrr« einatmete, wuchs sein Bäuchlein zu einer prallen Kugel. Wenn er mit »Phhhhhhh«

ausatmete, schrumpfte die Kugel zusammen wie ein Ballon, aus dem die Luft entwich.

Dem schwarzhaarigen Etwas auf Balduin Pfiffs Bauch schien dieses ständige Auf und Ab nicht das Geringste auszumachen, ebenso wenig wie der Straßenlärm, der durch die geöffnete Fensterklappe ins Zimmer drang.

Doch dann begann der Kissenberg im Sessel neben dem Sofa zu schnurren.

Genauer: Unter dem Kissen schnurrte es.

Noch genauer: Es war das Telefon, das Balduin Pfiff mit vier Sofakissen zugebaut hatte.

In das schwarzhaarige Etwas auf dem Bauch kam Bewegung. Ein struppiger Kopf reckte sich, eine Hundeschnauze dehnte sich zu einem genussvollen Gähnen, und dann fixierte ein lustig dreinschauendes braunes Augenpaar den Kissenaufbau.

Ein Ohr wackelte, der struppige Kopf legte sich zuerst nach links, anschließend nach rechts. Gerade so, als ob man in einer dieser Lagen besonders gut nachdenken könne.

Es klingelte bereits zum vierten Mal.

Und Balduin Pfiff merkte nichts. Nrrrrrrr – phhhhhhh ... Das schwarzhaarige Etwas erhob sich, streckte sich auf Balduins Bauch nach vorn, nach hinten, machte einen Buckel und sagte dann leise und behutsam: »Wau!«

Es klingelte zum sechsten Mal.

»Wau!!« Das klang schon eine Spur lauter.

Nrrrrrrr – phhhhhhh ...

»Wau-wau-wau!!!«

Das Schnarchen verstummte.

Es schnurrte zum siebenten Mal unter den Kissen.

Der Meisterdetektiv öffnete blinzelnd die Augen.

»Hallo, Hund!«, murmelte er. Dieser, kaum größer als ein Hut und ein Zwischending zwischen Filzpantoffel, Kaffeekannenwärmer und Mopp, machte einen Sprung nach vorn und schob seine kalte, feuchte Nase in Balduin Pfiffs Ohr.

»Guten Morgen«, sagte der Meisterdetektiv, obwohl es kurz vor fünf Uhr Nachmittag war.

Inzwischen das neunte Telefonzeichen.

»Ei der Daus, das klingelt ja«, stellte er mit reichlicher Verspätung fest. Dann gähnte auch er, rieb sich zuerst die Augen und anschließend die Hände.

»Na, da wollen wir mal telefonieren.«

Es war, als hätte »Hallo, Hund« nur auf dieses Stichwort gewartet. Mit einem mächtigen Satz sauste er nach unten, um mit knurrender Begeisterung die vier Kissen vom Telefon zu ziehen.

Beim letzten Kissen rutschte gleich der Hörer mit von der Gabel.

»Hallo ... hallo!!«, rief eine weit entfernte Stimme vom Sessel. »Hallo, hallo ...«

Balduin Pfiff nahm den Hörer und schimpfte gemütlich:

»Heiliges Kanonenröhrchen, ich kann doch nicht fliegen. Wer ist denn dort?«

»Hier spricht Friedrich!«, kam es beleidigt zurück, und Balduin hatte schon nach den ersten beiden Worten die Stimme seines Schwagers erkannt. Er knirschte mit den Zähnen und forderte sich selbst energisch auf: »Sei nett zu ihm, Baldi!« Aus irgendeinem Grund war er dem

Mann seiner Schwester nicht sonderlich zugetan. Dabei war der meist höflich und zuvorkommend. Jetzt allerdings bemerkte er leicht gereizt: »Was heißt schon fliegen, Balduin. Wenn du den Hörer abnimmst, kannst du dich auch melden, oder?«

»Ei der Daus, nein!«, erwiderte Balduin. »Ich habe ihn nämlich gar nicht abgenommen!«

»Was denn, was denn ...?« Friedrich Walleritz staunte laut durch den Draht.

»Es war Pinsel!«, erklärte Balduin Pfiff, während er sich in den Sessel fallen ließ und seine gewaltigen Füße auf dem Tisch deponierte.

»P... P... Pinsel? Wer ist Pinsel?«, fragte der Mann seiner Schwester.

»Pinsel ist mein Hund!«

»Pinsel ist dein Hund? Du hast einen Huuund??« Es klang fassungslos, erschrocken, ja mehr noch, es klang fast entrüstet. Allein schon, wie er »Hund« sagte.

Wenn der kleine dicke Detektiv seinen Schwager Friedrich ärgern wollte, dann nannte er ihn nicht Friedrich, sondern Fritze. Und so sagte er jetzt: »Fritze, wenn ich sage, Pinsel ist mein Hund, dann brauchst du doch nicht zu fragen, ob ich einen Hund habe. Das ist unlogisch! Detektiv könntest du nie werden!«

Friedrich schwieg beleidigt.

Balduin Pfiff aber schloss seinen Vortrag mit der genüsslich in die Breite gezogenen Feststellung: »Und so wirst du eben zeit deines Lebens ein kleiner Beamter der Städtischen Pfandleihanstalt bleiben.«

»Balduin«, schnaubte Friedrich Walleritz erregt. »Wie redest du denn mit mir?«

»Offen, Fritze, offen! Leute, die was gegen meinen Hund haben, haben auch was gegen mich!«

»Ich habe nichts gegen dich!«

»Also, was gibt's denn, Schwager?«, fragte Balduin Pfiff und tat versöhnlich.

»Es hat sich bereits erledigt.«

»Ei der Daus, nun spiel nicht die gekränkte Leberwurst. Warum sollte es sich auf einmal erledigt haben, he?«

Balduin Pfiff sah seinen Schwager im Geiste vor sich, wie er aufgebracht dastand, von einem Fuß auf den anderen tänzelte und dabei nervös an einem Knopf seiner Jacke leierte.

»Es hat sich erledigt, weil du einen Hund hast!«

Dem Meisterdetektiv stockte der Atem vor Verblüffung. »Was hat mein Pinsel mit deinen Problemen zu tun?«

»Ja ... ja, das ist so ... ich meine«, druckste Friedrich Walleritz verlegen herum. »Helene und ich, also wir wollten dich was fragen ...«

In diesem Augenblick begannen die Glocken der nahe gelegenen Kirchturmuhr fünf Uhr zu schlagen. Pinsel, der bis dahin neben Pfiffs Sessel gelegen hatte, schoss hoch, flitzte zum Fenster, setzte sich, streckte seinen schwarzen Pinselkopf in die Höhe und jaulte Richtung Zimmerdecke:

»Ouuuuuuu-ouu-ouuuuuuu ... .«

»Um Gottes willen, was ist denn passiert?«, rief Friedrich, der Schwager.

»Pinsel heult. Er kann die Kirchenglocken nicht vertragen. Moment, ich mache nur das Fenster zu!«

Der kleine Detektiv zog ächzend die Beine vom Tisch, erhob sich, warf den Hörer samt Schwager in den Sessel und schlappte mit gemächlichem Links-zwo-drei-vier zum Fenster.

»Ouuuuuuu-ouu-ouuuuuuu ... .«

»Wau!«, machte Pinsel, als Pfiff die Fensterklappe zuknallte.

»Hehehehe, wir werden mal ein Wort mit dem Pfarrer reden, was, Pinsel? Vielleicht schafft der ein paar Glocken mit Dämpfer an.«

»Wau-wau!«

»Na also, sind wir uns ja wieder mal einig!«

Links-zwo-drei-vier und hopp! Die Sprungfedern des Sessels ächzten gequält, als Balduin Pfiff seine 199 Pfund hineinplumpsen ließ.

»Wo waren wir stehen geblieben?«, rief er ins Telefon.

Friedrich Walleritz, der Verwandte aus der Pfandleihanstalt, schien neue Energien gesammelt zu haben.

So als müsse er es schnell hinter sich bringen, sprudelte er sein misslungenes Anliegen durch die Telefonleitung:

»Helene und ich möchten für vierzehn Tage verreisen, und da wollten wir dich fragen, ob du während dieser Zeit Mathilde zu dir nehmen könntest. Aber da du einen Hund hast, da ... na ja, so was geht dann ja wohl nicht ...«

Mathilde war eine wohlgenährte Angorakatze, die sich bei Balduin Pfiffs spärlichen Besuchen bei Schwester und Schwager sofort mit ihm angefreundet hatte.

»Hm«, sagte jetzt der kleine dicke Detektiv überlegend, »warum sollte das nicht gehen. Ich glaube kaum, dass mein Pinsel eurer Mathilde was tut. Im Gegenteil, er würde vielleicht sogar mit ihr spielen.«

»Ich ... ich habe dir noch nicht alles gesagt, Balduin. Mathilde hat zurzeit sieben Kinder.«

»Ach, du frommer August, das geht natürlich nicht. Wenn ich ein Haus hätte ... aber in meiner kleinen Wohnung ...«

Balduin Pfiff war betrübt. In diesem Falle hätte er gern geholfen. Ehrlich! Aber sieben Junge?? Schließlich musste er damit rechnen, dass ihn ein Auftrag auch mal über Nacht abwesend sein ließ.

»Ich werd's dann mal bei Tante Lola versuchen.«

»Tu das, Friedrich ... tja, und grüß Helene schön. Irgendwann werde ich wieder mal die Kurve über eure abgelegene Stadt drehen, was?«

»Wir würden uns freuen ... Auf Wiederhören, Balduin!«

Es knackte.

»Wau!«, machte Pinsel, und Balduin Pfiff nickte. »Sei froh, dass du keinen Schwager Friedrich hast, Pinsel ...« Der Detektiv stutzte, runzelte die Stirn und sah auf den kleinen Vierbeiner hinunter.

»Hm, irgendwas war da eben ... Ich habe ein Geräusch gehört. Du nicht?«

»Wau-wau!«

»Es war mein Bauch, Pinsel ... Heiliges Kanonenröhrchen, er hat Hunger. Was machen wir denn da???« Pinsel sah seinen Herrn stummelschwanzwedelnd an.

»Wau-wau!«

»Hehehehe«, lachte Balduin Pfiff, »natürlich, wir machen das Einfachste von der Welt, wir werden uns das Bäuchlein vollstopfen! Komm, Pinsel, gucken wir mal in der Küche nach, ob sich dort irgendwelche Überraschungen finden lassen.«

Rrrrrrrr ...

Balduin Pfiff runzelte ärgerlich die Stirn. Er hasste es, wenn es um diese Zeit klingelte.

Pinsel sah zu ihm auf, wackelte mit dem einen Ohr und schwieg.

Rrrrrrrr ...

»Da ist einer draußen, der klingelt. Was meinst du?«

Rrrrrrrr ... Rrrrrrrr ... Rrrr ... Rrrrrr ...

»Das ist sogar ein Ungeduldiger. Einer, der mit Zeichensprache klingelt. Soll ich aufmachen oder nicht, he? Wenn du einmal bellst, lasse ich ihn draußen stehen, und wenn du zwei Mal bellst, gehe ich nachgucken, hehehe, ein prima Spiel, was, Pinsel?«

Rrrrrrrrrrrrrrrr ...

»Wau-wau!«

»Also meinetwegen«, stöhnte der kleine Detektiv.

Er erhob sich, wischte sich mit dem Handrücken den Buttermilchschnurrbart aus dem Gesicht und humpelte zur Tür.

Wer es wagt, um diese Uhrzeit
bei Balduin Pfiff zu klingeln und welchen Auftrag
er für den Meisterdetektiv hat, erfahrt ihr in
»Meisterdetektiv Balduin Pfiff –
Die Bronzeräuber«

ISBN 978-3-414-82076-1

Wolfgang Ecke (1927–1983) war im Laufe seines Lebens als Dolmetscher, Matrose, Schmuggler, Kellner, Schlagzeuger, Behördenangestellter und Werbemanager und Reporter tätig. Diese Erfahrungen kamen ihm dann als Autor spannender Geschichten zugute. Er verfasste mehr als 600 Hörspiele und über 50 Bücher, hauptsächlich Krimis für Kinder und Jugendliche, die sich millionenfach verkauft haben. Die Reihe um den liebenswerten »Meisterdetektiv Balduin Pfiff« ist inzwischen ein Klassiker unter Kinderkrimis.

Wolfgang Ecke

Meisterdetektiv Balduin Pfiff

ISBN 978-3-414-82070-9

ISBN 978-3-414-82071-6

ISBN 978-3-414-82072-3

ISBN 978-3-414-82073-0

ISBN 978-3-414-82076-1

ISBN 978-3-414-82077-8

Meisterdetektiv Balduin Pfiff liebt eisgekühlte Buttermilch, lacht gern, schläft gern, isst oft und viel und beginnt bei aufregenden Situationen zu schnalzen (etwa so: ts-ts-ts-ts). Und nebenbei gelingt es ihm immer wieder mühelos, mal eben ein paar knifflige Kriminalfälle zu lösen.

Boje

www.boje-verlag.de

Eva Heller

Wie man allseits beliebt wird,
glücklich und schlank
oder
Vom Sinn des Lesens

Eva Heller

Wie man allseits beliebt wird, glücklich und schlank

oder

Vom Sinn des Lesens

mit vielen Bildern von Eva Heller

Gerstenberg Verlag

Die Deutsche Bibliothek – CIP-Einheitsaufnahme
Ein Titeldatensatz für diese Publikation ist bei
Der Deutschen Bibliothek erhältlich.

Gesetzt nach neuer Rechtschreibung

Illustrationen und Umschlaggestaltung von Eva Heller

Satz im Gerstenberg Verlag
Druck und Bindung: Spiegel Buch, Ulm
Printed in Germany
ISBN 3-8067-4936-1

01 02 03 04 05 6 5 4 3 2

Dieses Buch gehört:

....

Und geschenkt hat es mir:

....

am: ....

1. Kapitel

Es war Melitta egal, dass ihr Name „Die Bienenfleißige" bedeutet, Melitta war trotzdem faul. Es waren Sommerferien, sie wusste nicht, was sie machen sollte. Seit sie vor vier Wochen mit ihren Eltern in das neue Haus in der neuen Stadt gezogen war, seitdem saß Melitta vor dem Fernseher. Sie sah mal dies und mal das, naschte dabei mal dies und mal das. So kam es, dass Melitta ein bisschen zu dick wurde. Jeden Tag ein bisschen dicker.

Ihre Eltern sagten, dass Melitta Sport treiben soll, dann würde sie erstens nicht zu dick, dann würde sie zweitens neue Freunde finden, und drittens hatte Melittas Mutter ein neues Auto gekauft, um Melitta überallhin zu fahren. Aber Melitta wollte nicht überallhin gefahren werden, um überall Sport zu treiben.

Melitta hatte keine Lust auf Sport. Sie konnte nie verstehen, warum ihr Vater vom Sofa hochsprang, wenn es ein Fußballer schaffte, einen Ball ins Tor zu kicken. Melitta fand auch Autorennen langweilig, immer nur gucken, ob das rote Auto vorn war oder das weiße. Und wenn ihr Vater Boxkämpfe sah, bekam Melitta Bauchweh.

„Es gibt auch für dich irgendeine schöne Sportart", sagte ihre Mutter, „und wir haben so viele Sportsachen." Ihre Mutter öffnete einen der vielen Umzugskartons: „Hier, ein Fußball, ein Handball, ist das ein Kopfball?, ein Wasserball, ein Volleyball, ein Gymnastikball, ein Tennisball, ein Hüpfball ..."

„Hier ist das Programm vom Sportverein", sagte ihr Vater und las aus der Zeitung vor: „Montags Schwimmen für Mädchen – du schwimmst doch gern –, dienstags Handball für Mädchen, mittwochs Gymnastik für Mädchen, donnerstags Tennis für Mädchen und freitags Fußball für Mädchen."

„Heutzutage können sogar Mädchen Fußball spielen", sagte ihre Mutter.

„Jedenfalls darf man nicht darüber lachen, wenn sie es versuchen", sagte ihr Vater.

„Oder willst du lieber Karate machen? Oder Ballett? Oder Boxen?", riefen Vater und Mutter gleichzeitig.

„Ich will lieber in den Park gehen", sagte Melitta. In der Nähe war nämlich ein Park. „Ich will sehen, was die anderen Kinder hier machen."

„Dafür hab ich ja das neue Auto", sagte ihre Mutter, „ich fahr dich sofort hin."

Melitta wollte aber allein hin, schließlich war sie kein

Kleinkind mehr. Ihre Mutter holte den Sportrucksack, und weil sie nicht wusste, welche Sportart Melitta machen würde, packte sie nur Fitness-Drinks ein und Fitness-Schokoriegel, denn das braucht jeder Sportler, um bei Kräften zu bleiben. Melitta bekam auch Geld, um nach dem Sport zur Belohnung ein Eis zu kaufen.

Sportarten für Mädchen. Wofür würdest du dich entscheiden? Ballett? Boxen? Fußball? Handball? Kopfball? Oder was?

2. Kapitel

Es war ein großer Park, am Eingang hing ein Plan: Ein kreisrunder Weg führte ringsum, Melitta ging nach links. Da hörte sie hinter Büschen Geschrei, lief hin, sah die Fußballtore, sah die kickenden Jungs – und lief schnell weiter. Sie kam zu einer hochgeschwungenen Piste, überall Jungs, die auf Skateboards rumbretterten.

Schließlich kam sie in den hinteren Teil des Parks: Hier war das Gebiet der Mädchen. Sie spielten Federball und Frisbee und Seilhüpfen, die meisten saßen herum und schwatzten. Melitta entdeckte vier Mädchen, so alt wie sie. Melitta setzte sich einige Meter daneben – noch nah genug, um hören zu können, was sie redeten.

Die Mädchen redeten darüber, welche Jungs von welcher Musikgruppe süß und toll waren und welche Sängerinnen hässlich und doof. Melitta schielte sehnsüchtig hinüber. Die Mädchen merkten, dass sie zuhörte. Da sagte eine mit langen blonden Haaren laut: „Alle Jungs finden dicke Mädchen doof. Ich auch."

Melitta tat, als hätte sie in diesem Augenblick das Klettergerüst in der Ferne entdeckt, und ging. Hoffentlich kam sie in der neuen Schule nicht zu diesen Mädchen in die Klasse!

Sie schaukelte am Klettergerüst herum, bald taten ihr die Arme weh. Sie stieg auf den Schwebebalken – sollte sie wie eine Turnerin auf Zehenspitzen drüber trippeln, eine Pirouette drehen, Salto rückwärts, Handstand? Oder wie eine Hürdenläuferin hundertmal drüber springen? Oder tausendmal drumherum laufen? Melitta stand auf dem Balken und überlegte – und sah etwas entfernt einen anderen Eingang zum Park, dort war ein Kinderflohmarkt.

Ein Mädchen verkaufte zwei original verpackte Barbie-Puppen zum halben Preis. Getragene Barbie-Klamotten fast geschenkt. Ein Barbie-Pferd mit Lockenmähne und Lockenwickler. „Aus dem Alter bin ich raus", sagte das Mädchen stolz. Sie war jünger als Melitta, also war auch Melitta aus dem Alter raus.

Ein Mädchen daneben verkaufte Figürchen aus Überraschungseiern, doch ohne Schokolade außenrum fand Melitta die Figürchen langweilig.

„Kauf meine Schrottautos", sagte ein Junge, vor ihm standen reihenweise Autos, „ich steige auf die neue Kollektion um, die hupen lauter als echte Autos." Weil Melitta die Autos nicht wollte, maulte er: „Für Mädchen sind die sowieso zu teuer."

„Ich hab was für Mädchen!", rief ein größerer Junge. Er kickte nach einem Buch, es landete genau vor Melitta.

Wie heißt das geheimnisvolle Buch?
Die schönsten Mädchen?
Die schönsten Männchen?
Die schönsten Märchen?

Auf dem Buch war ein blauer Baum mit goldenen Blättern. Auf dem Umschlag stand: „Die schönsten Mächen“ – zwischen dem ä und dem c war ein Ast von dem Baum, er verdeckte etwas.
Melitta gefiel das Buch. „Ich glaube“, sagte Melitta, „das ist kein Mädchenbuch, es ist ein Märchenbuch.“
„Sowieso egal“, sagte der Junge, „ich lese nicht. Ich bin bald Bodybuilding-Champion, dann habe ich einen Manager, der für mich liest.“ Er kickte das Buch: „Ganz billig, weil ich dringend Geld brauche für ein Trainingsgerät für meine Brustmuskeln.“
Als Melitta das Buch bezahlt hatte, sagte der Junge herablassend: „Ehrlich du, mir persönlich bringt Lesen nix.“
Und der Autoverkäufer rief: „Jungs sollten gar nicht lesen lernen müssen. Fernsehen geht viel schneller.“
Wütend packte Melitta das Buch in den Rucksack und ging durch das Tor hinaus.

3. Kapitel

In dieser Straße vor dem Park waren schöne Häuser mit schönen Gärten. In einem Garten mit Bäumen und Büschen aller Art, mit winzigen und riesigen Blumen, saß ein Mann in einem Sessel, und was tat er? Er las ein Buch.
Melitta starrte den Mann an. Sie schaffte es, auf die nicht besonders hohe Gartenmauer zu klettern und rief: „Bringt Ihnen das was, das Lesen?"
Der Mann sah erstaunt zu Melitta, die zwischen seinen Blumen aufgetaucht war.
„Mir persönlich bringt Lesen nix", rief Melitta.
„Sehr erfreut, die Bekanntschaft einer so interessanten Persönlichkeit zu machen", sagte der Mann. „Wie heißt du denn?"
„Melitta."
Der Mann legte sein Buch weg und kam an die Mauer. „Sehr erfreut, ich bin Professor Kugelklugel. Um deine Frage zu beantworten: Mir bringt Lesen viel."
„Was bringt es denn?"
„Wer so fragt, der will als Antwort hören: Geld. Ja, Lesen hat mir Geld gebracht."
Nun war Melitta erstaunt. Das hätte sie nicht gedacht!
„Lesen bringt vielen Leuten Geld", sagte Professor Kugel-

Professor Kugelklugel staunte, als Melitta zwischen seinen Blumen auftauchte.
Was hättest du Melitta geantwortet?

klugel. „Wenn man einen Beruf haben will, in dem man gut verdient, muss man was lernen. Und wer lernt, muss lesen. Was willst du mal werden?"

Melitta wusste es genau: „Schlank." Deshalb sollte sie auch Sport treiben. Und schon so oft hatte sie im Fernsehen gehört: Nur wer schlank ist, ist glücklich.

Professor Kugelklugel dachte nach. Schließlich sagte er: „Schlank sein ist besser als dick sein. Aber schlank werden oder dick bleiben sind keine Berufe."

Melitta wurde verlegen. Sie hatte einen heimlichen Berufstraum: Rettungsschwimmerin, eine wie aus der Fernsehserie. Denn von allen Sportarten gefiel ihr Schwimmen am besten, weil sie das am besten konnte. Und Rettungsschwimmerin war ein toller Beruf, denn bekanntlich wird man glücklich, wenn man Menschen in Not hilft. Leider waren alle Rettungsschwimmerinnen im Fernsehen superschlank... – „Rettungsschwimmerin", sagte sie und sah dabei in die Luft, damit Professor Kugelklugel nicht merkte, dass sie rot wurde. Dann sagte sie schlau: „Dazu muss man nicht lesen!" Melitta war sicher, nie eine lesende Rettungsschwimmerin gesehen zu haben.

„Rettungsschwimmerin?", staunte Professor Kugelklugel, als hätte er keine Ahnung von der Fernsehserie. „Hast du sonst noch Wünsche?"

Melitta sah wieder in die Luft, als sie sagte: „Ich hätte gern viele Freunde."
„Diesen Wunsch können dir Bücher leicht erfüllen."
„Bücher?"
„Das ist der Sinn des Lesens: Man lernt in Büchern Menschen kennen, du lachst mit ihnen, weinst mit ihnen, und das ist, als ob du dich mit einem Freund unterhältst. So werden Bücher zu Freunden."
Melitta holte verlegen ihr Buch aus dem Rucksack: „Zufällig habe ich vorhin ein Buch gekauft."
Professor Kugelklugel klappte es auf und rief: „Das kenne ich auch." Innen wars ganz deutlich zu lesen – es hieß nicht „Die schönsten Mädchen", auch nicht „Die schönsten Männchen", sondern „Die schönsten Märchen". Er gab es Melitta zurück. „Das ist ein schönes Buch", sagte er. „Und wenn du es liest, wirst du merken: Lesen bringt auch etwas viel Wichtigeres als Geld. Es bringt Glück."
„Wie denn?"
„Das musst du selbst ausprobieren. Und dann erzähl mir bitte, obs geklappt hat."

•••

„Für welche Sportart hast du dich entschieden?“, fragten die Eltern.
„Eine, die man braucht, um viel Geld zu verdienen“, sagte Melitta geheimnisvoll.
„Fußball!“, rief ihr Vater. „Aber können auch Mädchen damit Geld verdienen?!“
„Tennis!“, rief ihre Mutter.
„Man lernt viele Freunde dabei kennen“, sagte Melitta.
„Du willst in einen Sportverein!“, riefen die Eltern.
„Nein, man kann es überall machen.“
„Soll ich dich nirgends hinfahren?“, fragte ihre Mutter enttäuscht.
Melitta wollte lieber nichts verraten – denn: War Lesen überhaupt eine Sportart? Sie sagte nur: „Ich muss es erst mal ausprobieren.“
Gleich nach dem Abendessen ging sie in ihr Zimmer und las weiter. Sie runzelte dabei die Stirn, denn bei jeder Sportart muss man irgendwas bewegen, sie nickte mit dem Kopf, wenn Dinge geschahen, die sie geahnt hatte, oder schüttelte den Kopf, wenn Bösewichter Schlimmes planten.
Doch bald vergaß sie das, weil die Geschichte so spannend war.

Ist Lesen eine Sportart, bei der man oft nickt, den Kopf schüttelt, die Stirn in viele Falten legt, die Augen aufreißt und den Mund verziehen muss?

4. Kapitel

Die meisten Kinder unternehmen am Sonntagnachmittag etwas mit ihren Eltern, aber Melittas Eltern waren froh, dass Melitta allein in den Park wollte, sie hatten so viel zu tun im neuen Haus.
Weil Sonntag war, waren nur wenig Kinder im Park. Melitta wars egal, Melitta las.
Auch Professor Kugelklugel saß in seinem Garten und las.

Gegen Abend tauchte Melitta zwischen seinen Blumen auf.
„Ich habe schon viele Märchen gelesen“, rief sie.
„Schön, dich zu sehen“, rief Professor Kugelklugel und kam zur Gartenmauer. Er musste zu Melitta aufsehen – weil er nicht auf einer Mauer stand –, was Melitta gut gefiel. Er fragte zu Melitta hoch: „Welches Märchen hat dir am besten gefallen?“
„Wie es heißt, kann ich nicht verraten, aber ich kanns erzählen“, sagte Melitta und fing sofort an das Märchen zu erzählen, dessen Name sie nicht verraten wollte.
„Also ...
Es war einmal ein armer Mann, der wollte seine Tochter an einen reichen Mann verheiraten, deshalb erzählte er dem König: „Meine Tochter kann Stroh zu Gold machen!“
Da sprach der König: „Wenn das so ist, gehört deine Tochter mir!“ Er brachte sie in sein Schloss, in ein Zimmer voll Stroh – das Mädchen dachte, sie soll auf dem Stroh schlafen, aber der König sprach: „Mach das Stroh zu Gold, sonst bring ich dich um.“ Und ging und schloss die Tür ab.
Das Mädchen heulte, weil sie das nicht konnte, da kam aus einer Ritze ein seltsamer Wicht, klein und so schrumplig. Der sprach: „Ich kann Stroh zu Gold machen, aber nicht umsonst, was gibst du mir dafür?“

Das Mädchen gab ihm ihre* schöne Halskette, und dafür machte der Wicht in der Nacht alles Stroh zu Gold. Der König war begeistert. Aber abends sperrte er das Mädchen in ein Zimmer mit noch mehr Stroh: „Mach das zu Gold, sonst bring ich dich um." Da heulte das Mädchen wieder, da kam das Männchen wieder, diesmal gab sie* ihm ihren* Ring, und dafür machte er das Stroh zu Gold. – Und was glauben Sie, was der König am Morgen sagte?", fragte Melitta.

Professor Kugelklugel überlegte: „Vielen Dank, das hast du toll gemacht?"

„Falsch – jetzt sperrte er das Mädchen in einen Saal bis zur Decke voll Stroh. Wieder kam der Wicht, aber das Mädchen

---

*In der deutschen Sprache ist jedes Ding weiblich, männlich oder sächlich. Geheimnisvollerweise ist manches in der Sprache sächlich wie „das Mädchen" obwohl jeder weiß, dass Mädchen natürlich weiblich sind. Nach einer Regel unserer Grammatik wird Sächliches wie Männliches behandelt, dann heißt es: „Das Mädchen gab ihm <u>seine</u> Halskette." Da denkt jeder, es sei die Kette des Männchens gewesen! Das stimmt doch nicht! Zum Glück gibt es noch eine andere Regel, Lehrer nennen sie die „Regel von der natürlichen Übereinstimmung", deshalb darf etwas Weibliches auch weiblich bleiben. Deshalb heißt es hier: „Das Mädchen gab ihm <u>ihre</u> Kette und <u>ihren</u> Ring." So hat es schon Goethe gemacht. Und weil diese Regel einfacher und logischer ist, bleiben wir dabei.

hatte nichts mehr, was sie ihm geben konnte. Da sagte der Wicht, dass er ein Kind von ihr will. Sie hatte aber keins. Der Wicht sagte, er kommt wieder, wenn sie eins hat, das bekommt dann er. Weil das Mädchen nicht vom König umgebracht werden wollte, versprach sie dem Männchen ein Kind.

Am nächsten Morgen war wieder alles Stroh zu Gold gemacht. Endlich dachte der König: „Dieses Mädchen will ich heiraten, sonst macht sie einem anderen auch noch Gold."

So wurde das Mädchen eine richtige Königin und bald bekam sie ein Kind. Kaum hatte sie es, kam in der Nacht der Wicht aus der Ritze und verlangte das Kind. Natürlich wollte die Königin ihr Baby nicht hergeben. „Ich weiß nicht mal, wie du heißt!", heulte sie.

Da flüsterte der Wicht: „Mein Name ist Geheimsache. Falls du rausbekommst, wie ich heiße, kannst du das Kind behalten. Ich gebe dir drei Tage Zeit."

Die Königin ließ überall im Königreich rumfragen, ob jemand diesen schrumpligen Wicht kennt, alle rätselten herum, wie einer heißen kann, den keiner kennt. Als er in der Nacht wieder kam, las die Königin alle Namen vor, die man ihr gesagt hatte, er lachte nur, sein Name war nicht dabei.

In der zweiten Nacht hatte die Königin noch verrücktere Namen aufgeschrieben, alle falsch.
Am dritten Tag kam ein Bote der Königin in den hintersten Wald und da hüpfte dieser Wicht herum und sang ...
„Oh“, rief Professor Kugelklugel, hüpfte plötzlich herum und sang:

„Oh wie gut, dass niemand weiß,
dass ich ... äh ... Kugelklugel heiß!“

Er hörte auf zu hüpfen. „Nein, so hieß er nicht.“
„Kennen Sie das Märchen?“, fragte Melitta misstrauisch, „wissen Sie seinen richtigen Namen?“
„Entschuldige bitte“, rief Professor Kugelklugel, „dass ich dich unterbrochen habe, wie gehts weiter?“
„Der Bote raste zur Königin zurück und erzählte ihr alles. Als um Mitternacht der Wicht aus der Ritze kam, tat die Königin, als hätte sie keine Ahnung, dabei wusste sie nun, wer er war. Sie fragte: „Heißt du Rippenbiest?“
„Nee“, grinste der Wicht.
„Oder Hammelswade?“
„Nee“, grinste der Wicht.
„Oder Schnürbein?“
„Nee.“
„Oder Hinz oder Kunz?“
„Nee! Nee, hä, hä!“

Dann fragte die Königin und nun grinste sie: „Oder heißt du etwa Rumpelstilzchen? Ja!!!"
Da ist der Wicht vor Wut zerplatzt. Knall! Das war sein Ende. Und das ist auch das Ende vom Märchen."
„Bravo!", rief Professor Kugelklugel.
„Wissen Sie, warum Rumpelstilzchen unerkannt bleiben wollte?", fragte Melitta von oben herab. – Wenn man so auf einer Mauer steht und die Leute zu einem aufsehen müssen, dann muss man ihnen auch schwierige Fragen stellen.
Professor Kugelklugel überlegte: „Weil man Angst hat vor Menschen, die man nicht kennt. Und wer Angst hat, ist schwach. Und da fällt mir noch ein Sinn des Lesens ein ..."
„Noch ein Sinn?"
„Man lernt in Büchern auch Leute kennen, die ganz anders sind als man selbst, das ist auch sehr spannend."
„Ich hätte diesen König nicht geheiratet", erklärte Melitta. „Der heiratet das Mädchen nur, weil sie ihm Gold macht, sonst hätte er sie umgebracht."
Professor Kugelklugel sagte nachdenklich: „Das ist im Märchen wie im richtigen Leben, oft ist das Geld das Wichtigste."
Melitta nickte. Doch dann guckte sie plötzlich unglücklich: „Meine Eltern erlauben nicht, dass ich lese."
„Das kann nicht sein!"

„Meine Eltern wollen, dass ich Sport mache. Ich glaube, Lesen ist keine Sportart. Man muss sich fürs Lesen nicht besonders anziehen."
„Nun, man könnte sagen, es ist ein Denksport. Und dabei trainiert man das wichtigste Körperteil von allen – das Gehirn. Und du trainierst den wichtigsten Teil deines Gehirns: die Fantasie!"
Und alle Blumen im Garten nickten mit ihren Köpfen, als würden sie sagen: Es ist wahr, es ist wahr, es ist wahr.
„Da fällt mir noch ein Sinn des Lesens ein – und ein so wichtiger!", rief Professor Kugelklugel. „Wenn zwei das gleiche Buch gelesen haben, so wie wir, haben sie ein tolles Thema, um miteinander zu reden. So sind schon viele Freundschaften entstanden."
Wieder nickten alle Blumen.

••••

„Hast du dich heute für eine Sportart entschieden?"
„Es ist ein Denksport", sagte Melitta geheimnisvoll. „Ich trainiere die Fantasie."
„Eine Sportart, bei der man denken muss, was kann das sein?", rätselten die Eltern.
Nach dem Abendessen ging Melitta in ihr Zimmer und las und las in ihrem Märchenbuch, bis sie einschlief.

5. Kapitel

Wenn es stimmt, dass durch Lesen Freundschaften entstehen, dann müssen die anderen sehen, dass man liest, dachte Melitta und setzte sich am nächsten Nachmittag wieder in die Nähe der vier Mädchen. Sie hielt ihr Buch in den Händen, damit die Mädchen es sehen konnten. Die Mädchen tuschelten. Melitta las ein langes Märchen, das Märchen von Zwerg Nase. Jedes Mal, wenn sie eine Seite umblätterte, guckte sie zu den Mädchen hinüber.
Sie hörte ein dunkelhaariges Mädchen sagen: „Wenn ich größer bin, fahre ich Wasserski." Die neben ihr mit den langen blonden Haaren rief: „Ich reite auf meinem weißen Pferd am Strand!" Dabei wischte sie ihre Haare aus dem Gesicht, als wären sie vom Wind des Meeres zerzaust.
Plötzlich hörte Melitta das magische Wort – das Mädchen mit den langen blonden Haaren sagte: „Ich werde außerdem eine weiße Yacht haben, wenn ich Rettungsschwimmerin bin."
Melitta strahlte. Dieses Mädchen wollte auch Rettungsschwimmerin werden! Bestimmt hatte sie auch die Fernsehserie gesehen! Darüber könnten sie sich prima unterhalten, ja, sie könnten Freundinnen werden. Froh klappte Melitta ihr Buch zu und ging zu den Mädchen hinüber.

„Ich bin Melitta“, sagte sie, „ich bin neu hier, ich will auch Rettungsschwimmerin werden ...“
„Die spinnt wohl“, zischte eins der Mädchen, „die trägt unmögliche Jeans, igitt.“
„Die spinnt total“, zischte eine andere, „da würde ja der Badeanzug platzen.“
Das Mädchen mit den langen blonden Haaren stand auf. Und sie war wunderbar schlank und sie trug einen wunderbar rettungsschwimmerinnenroten Badeanzug, der hatte vorn einen silbernen Blitzpfeil, und dann stand sie vor Melitta, wischte sich die Haare aus dem Gesicht und sagte: „Ich bin Pamela. Verschwinde, wir wollen hier keine stinkenden dicken Leseratten!“
Melitta fiel vor Jammer das Buch aus der Hand. Pamela ging zu ihrem Mountainbike, setzte einen goldenen Helm auf, zog rasend schnell rennfahrerrote Radlerhosen an und wollte über

Das ist Pamela

Melittas Buch fahren, Melitta konnte es gerade noch vor dem Reifen wegreißen und wegrennen. Hinter Pamela fuhr das dunkelhaarige Mädchen mit einem hexenschwarzen Helm, beide verfolgten Melitta bis zum Ausgang vom Park. Beide riefen: „Verschwinde, dicke Leseratte! Verschwinde, dicke Leseratte!“

•••••

Mit letzter Kraft krabbelte Melitta auf die Mauer von Professor Kugelklugels Garten, rief schwach: „Ich will keine dicke Leseratte sein.“
Professor Kugelklugel las und hörte nichts.
„Ich will keine dicke Leseratte sein!“, heulte Melitta.
Professor Kugelklugel sprang auf. „Melitta! Was ist passiert!?“
Und Melitta erzählte: Klar, Pamela, die würde Rettungsschwimmerin, klar, aber sie, Melitta, eine einsame dicke Leseratte!
„Viele Leute kennen für vieles ein schlechtes Wort. Leider kennen sie kein gutes Wort“, sagte Professor Kugelklugel langsam, wie immer, wenn er nachdachte. „Du bist keine Leseratte. Eine Ratte frisst alles, ohne darüber nachzudenken, egal ob es gut oder schlecht ist. Hör nicht auf die Fernsehratten.“

„Fernsehratten?“, schniefte Melitta.
„Es gibt so viele Fernsehratten, die sehen alles, was kommt, die überlegen nicht, ob sie das sehen wollen oder nicht, und haben keine Zeit nachzudenken, ob sie verstanden haben, was sie gesehen haben. Wer keine Zeit zum Nachdenken hat, kann nichts verstehen. Wenn du liest, hast du Zeit nachzudenken, ein Buch wartet auf dich.“
„Kennen Sie das gute Wort?“
„Du wirst ein gebildetes Mädchen“, sagte Professor Kugelklugel.
Melitta hatte es nicht richtig verstanden: „Bebildert?“
„Gebildet – das ist ganz ähnlich wie bebildert, weil du viele Bilder in deinem Kopf hast. Wer liest, der erfindet diese Bilder selbst. Die Fernsehratten kennen nur die Bilder, die sich andere ausgedacht haben. Aber du wirst ein Mädchen voll Fantasie!“
Das hörte sich gut an, Melitta lächelte ein bisschen. Doch dann fiel ihr wieder die Ratte ein, die alles frisst. „Macht Lesen dick?“
„Oh je“, seufzte Professor Kugelklugel. „Das weiß ich nicht.“

•••••

Weil Professor Kugelklugel nicht wusste, ob Lesen dick macht, beschloss Melitta ihren Eltern nichts davon zu sagen. Deshalb sagte sie nur, sie sei zu müde zum Fernsehen, und las heimlich weiter. Sie konnte nicht aufhören, immer wenn sie eine Seite umblätterte, dachte sie: Ein kleines Häppchen will ich noch lesen ...

Das ist doch nicht Melitta?
Oder?

6. Kapitel

An den Fernsehratten wollte Melitta nie wieder vorbeigehen, deshalb ging sie nun auf die andere Seite des Parks. Hier war ein Spielplatz für Kleinkinder. Und in der hintersten Ecke ein kleiner Hügel, ein Baum darauf, eine

Bank darunter. Nun saß Melitta allein auf der Bank unterm Baum auf dem Hügel und las. Irgendwann hörte sie ein Rascheln. Es kam aus den Büschen hinter der Bank. Es war ein großes Rascheln. Melitta hatte das Gefühl beobachtet zu werden. Unter den Büschen erschien etwas Rotes. Eine Mütze. Die rote Mütze dicht über dem Boden, darunter ein kleines Gesicht – ein Zwerg!

Melitta wusste, was zu tun ist, wenn ein Zwerg kommt. Sie schrie: „Wie heißt du?!"

Der Zwerg schniefte etwas, was kein Mensch verstand.

„Heißt du etwa Rumpelstilzchen?!", schrie Melitta.

„Gar nicht wahr", schniefte der Zwerg, „ich heiße Jonas."

„Dann komm doch her", sagte Melitta, und sie sagte es freundlich, denn wenn ein Zwerg seinen Namen genannt hat, dann ist es ein guter Zwerg.

Der Zwerg kroch unter dem Gebüsch hervor, wurde größer und größer, denn er war kein Zwerg, sondern ein Junge, nur ein ziemlich kleiner. „Ich bin krank", schniefte er und humpelte arg. Er zeigte auf sein verbundenes Knie.

„Warum humpelst du so?", fragte Melitta.

Da erzählte Jonas seine traurige Geschichte. Vor langer Zeit, es war schon letzten Monat gewesen, fuhr Jonas auf dem Skateboard seines großen Bruders, der Tobias hieß, im Hof herum. Und da kam plötzlich die Kellertreppe – sie war

Da! Plötzlich erschien ein Zwerg!

zwar schon vorher da gewesen, aber vorher unsichtbar – und Jonas war mit dem Skateboard die Kellertreppe hinuntergefahren, hinuntergefallen, ganz runter. Alle hatten gedacht, er sei tot. Überall sein Blut, auf dem Skateboard, an der Kellertür! Er wurde mit Lalülalü! ins Krankenhaus gefahren, dort hatten sie ihm alle Haare abgeschnitten und seinen Kopf zusammengenäht und sein Knie!

Nun hatten seine Eltern befohlen, dass er über der Narbe eine Mütze tragen musste und dass Tobias immer auf ihn aufpasst. Aber Tobias konnte Jonas nicht mehr leiden, weil auch das Skateboard kaputt war, und nun musste Tobias drüben an der Skatebahn ewig warten, bis ihn sein Freund auf seinem Skateboard fahren ließ, und Tobias hatte Jonas weggejagt zum langweiligen Baby-Spielplatz.

„Solange ich lebe“, sagte Jonas und seine Stimme war ohne Hoffnung, „werde ich eine Narbe auf dem Kopf haben, und ich darf erst wieder Skateboard fahren, wenn ich alt bin. Und mein Knie tut immer weh und mir ist immer sehr langweilig.“

„Lies ein Buch, so wie ich.“

„Ich kann nicht viel lesen. Keine langen Wörter.“

„Soll ich dir ein Märchen vorlesen?“, fragte Melitta.

Jonas wackelte trübsinnig mit seinem Knie und jammerte „Aua, aua“.

Melitta überlegte, welches Märchen Jonas gefallen würde. „Pass auf", sagte sie, „ich erzähle dir die Geschichte von einem Zwerg, er hieß Jonas."
„Wie hieß er?", fragte Jonas etwas interessierter.
Melitta schlug ihr Märchenbuch auf und tat, als würde sie lesen, aber sie erzählte, was ihr einfiel:
„Es war einmal ein Zwerg, der hieß Jonas, er lebte in einem wilden Wald. Eines Tages verirrte er sich, stolperte über Wurzeln, stürzte eine Schlucht hinunter, immer tiefer. Und tat sich entsetzlich weh! Und blutete! Und niemand da, der ihm helfen konnte. Als er dachte, dass er tot wäre, erschien plötzlich eine Fee. Eine Fee in einem weißen Kleid, und sie kam mit einem Zauberwagen, an dem ein blaues Licht leuchtete, sie brachte Zwerg Jonas in ihr Feenreich, wickelte Zauberbänder um seinen Kopf und um sein Knie. Dann sagte sie einen Zauberspruch, damit es nicht mehr wehtut ..."
„Das haben sie bei mir nicht gemacht mit dem Zauberspruch, mein Bein tut immer noch weh", unterbrach Jonas. „Kennst du den Zauberspruch?"
Jonas tat Melitta Leid. Wenn sie jetzt den Zauberspruch nicht wusste, würde er noch trauriger. Zaubersprüche fangen oft mit einem „Ooooooh" an, und sie wirken besser, wenn sie sich reimen. Deshalb fing Melitta an:

„Ooooooh Bein", sie legte die Hand auf das verbundene Knie „Ooooooh, lass das Wehtun sein." Dann legte sie die Hand auf seine Mütze: „Ooooooh Loch, heile doch!" Sie sah Jonas sehr zufrieden an.
Jonas wackelte mit seinem Knie: „Es tut noch weh."
„Ich bin noch nicht fertig", sagte Melitta schnell, „die Fee hat nämlich eine Bedingung gestellt, damit der Zauberspruch wirkt – Feen stellen immer Bedingungen, sonst könnte ja jeder zaubern. Höre! Von nun an musst du jedes Mal, wenn du an deinen Kopf oder dein Knie denkst, laut sagen: Ich bin so froh, dass diese Geschichte gut enden wird!"
„Ich bin so froh, dass diese Geschichte gut enden wird", wiederholte Jonas langsam.
„Noch was: Wenn du das gesagt hast, musst du lachen."
Jonas lachte vorschriftsmäßig – und staunte: „Jetzt hat es nicht mehr wehgetan!" Er sprang von der Bank. „Das muss ich meiner Mama erzählen!" Er lief den Hügel hinunter und humpelte – fast nicht mehr!

Als Jonas nicht mehr zu sehen war, blätterte ein Windstoß die Seiten in dem aufgeschlagenen Buch um. Dann wehte der Wind von der anderen Seite und die Seiten des Buchs blätterten zurück. Melitta erschrak. Suchte das Buch nach dem Märchen, das sie Jonas erzählt hatte? Würde Schreckliches geschehen, wenn herauskam, dass sie etwas erzählt hatte, was gar nicht im Buch stand? Würden die Eltern von Jonas sagen, Melitta sei eine Lügnerin?!

●●●●●●

Besorgt ging Melitta zum Garten von Professor Kugelklugel. „Guten Tag“, sagte sie auf der Mauer, „heute habe ich einem Jungen ein Märchen erzählt.“

„Wunderbar“, rief Professor Kugelklugel, dann merkte er, dass Melitta gar nicht fröhlich aussah. „Hat es dem Jungen nicht gefallen?“

„Doch, schon. Aber das Märchen, das stand ... nicht im Buch. Ich hab es mir selbst ausgedacht.“ Damit er nicht schimpfte, sagte Melitta schnell: „Es war nur ein ganz kurzes Märchen.“ Und sie erzählte alles.

„Wunderbar“, rief Professor Kugelklugel wieder, „dazu sind Märchen da, dass sich jeder selbst darin findet! Jeder sollte sich für seine Freunde ein Märchen ausdenken. Es wird das schönste Märchen sein, das dieser Junge je gehört hat.“

„Glauben Sie das wirklich?“

●●●●●●

Berühmte Zauberärztin
mit Zauberstab

Jonas erzählte zu Hause haarklein, wie Melitta ihn verzaubert hatte!

Sein Bruder Tobias maulte: „So ‘ne Mistfee! Eine echt gute Fee hätte ein neues Skateboard hergezaubert. Das war nur ein blödes Mädchen mit einem blöden Buch.“

„Gar nicht wahr“, rief Jonas, „Mein Bein tut viel weniger weh, und ich bin so froh, dass die Geschichte gut endet!“ Und Jonas lachte.

„Das ist wirklich eine echte Fee gewesen“, sagte die Mutter.

Und der Vater sagte: „Vielleicht wird sie eines Tages eine berühmte Ärztin.“

Tobias maulte: „Mist-Ärztin. Was verdient schon eine berühmte Ärztin?“

„Viel mehr als ein Skateboardfahrer“, sagte der Vater sehr ernst.

Deshalb maulte Tobias lieber nichts mehr.

Jonas war ungeheuer stolz, eine berühmte Zauber-Ärztin zu kennen. Ehe er einschlief, sagte er zu seiner Mutter: „Das ist das schönste Märchen,
das ich je gehört habe.“

Damit der Zauber wirkt,
muss man dabei lachen

7. Kapitel

Am nächsten Nachmittag wartete Jonas schon auf der Bank und bei ihm war ein Mädchen. Das war Sophie, sie wohnte gegenüber von Jonas, auch ihr hatte Jonas von der wunderbaren Melitta berichtet. Ihr Zauber hatte so wunderbar gewirkt, dass Jonas keinen Verband mehr tragen wollte – und das Knie sah geheilt aus! Und die Narbe auf dem Kopf war unter neuen Haaren ganz verschwunden.

Jonas wollte noch ein Märchen von Zwerg Jonas hören, aber Melitta schlug vor, heute das Märchen von Zwerg Nase zu erzählen.

Sophie, die auch noch nicht lesen konnte, hatte das Märchen von Zwerg Nase schon im Fernsehen gesehen, allerdings hatte sie den Anfang verpasst, weil sie immer zu spät kam, und das Ende hatte sie nicht gesehen, weil sie die Mitte nicht verstanden hatte, weil sie den Anfang nicht kannte.

Nachdem sie dies erklärt hatte, konnte Melitta endlich anfangen:

„Es war einmal ein Junge, der hieß Jakob ...“

„Jakob?“, fragte Jonas etwas enttäuscht.

„So stehts im Buch.“

Das Märchen von Zwerg Nase

Jakob war ein wunderschöner Junge, er verkaufte mit seiner Mutter auf dem Markt Kräuter. Eines Tages kam eine hässliche zerlumpte Frau, betatschte alles, roch an allem mit ihrer schrecklich langen Nase, meckerte an allem herum. Endlich kaufte sie was, verlangte aber, dass Jakob ihr die Sachen auch noch nach Hause trägt.

Er staunte sehr, als er sah, wie die zerlumpte Frau wohnte: In einem Märchenpalast aus Gold und Marmor, der Fußboden aus Spiegelglas, alles pieksauber, denn die Frau hatte viele Diener, die putzen mussten. Die Diener trugen tolle Kleider aus Samt und Seide – aber sie sahen aus wie Meerschweinchen! Die Frau hatte auch viele Köche – die sahen aus wie Eichhörnchen!

Die Frau kochte selbst für Jakob eine Suppe und schüttete allerlei Kräuter hinein. Sie sagte zu Jakob: „Das wird dir gut tun."

Riecht zauberhaft – ist aber verhext

Das Süppchen roch köstlich, aber seltsam, und schmeckte toll, aber seltsam, und Jakob wurde ganz seltsam und er verwandelte sich ... in ein Eichhörnchen. Denn die Suppe war verzaubert, die Frau war eine Hexe!

Von nun an musste Jakob als Eichhörnchen für sie arbeiten. Sieben Jahre lang musste er kochen lernen. Eines Tages entdeckte er in einer geheimen Kammer ein Kraut, das so seltsam roch wie damals die Suppe. Da musste er niesen und niesen und niesen, und plötzlich wusste er, dass er jahrelang geschlafen hatte, und er wachte auf – im Bett der Hexe! Entsetzt floh Jakob aus dem Hexenpalast, zu seinen Eltern zurück.

Seine Mutter saß noch auf dem Markt – aber sie erkannte ihn nicht! Er erschrak – was war mit seiner Mutter geschehen? Er rannte nach Hause zu seinem Vater: „Papa, ich bin wieder da!"

„Wer bist du?", fragte der Vater.

„Dein Jakob!"

„Hau ab, du Lügner! Du bist ein hässlicher Zwerg! Unser Sohn war wunderschön, er wurde vor sieben Jahren entführt. Wir haben ihn überall suchen lassen ..."

„Das kam im Fernsehen", rief Sophie, „ein Junge wird gesucht, der vor sieben Jahren ..."

„Lass mich weitererzählen", sagte Melitta.

Jakob fragte: „Wieso hässlicher Zwerg?“ Und sein Vater sagte: „Guck in den Spiegel.“ Und Jakob guckte in den Spiegel und schrie vor Schreck! Er war klein, dick, bucklig, dünne Beinchen, lange Ärmchen – und erst sein Gesicht! Er hatte, wie die Hexe, eine grässlich lange Nase. Heulend zog er von dannen.

Und alle, die ihn sahen, flüsterten: „Igitt, wie der aussieht.“

Die wahnsinnige Verwandlung

Keiner wollte ihm einen Job geben. Seine Rettung war, dass er toll kochen konnte – denn auch wenn man als Eichhörnchen kochen gelernt hat, kann man es später immer noch, egal, was aus einem geworden ist. Jakob ging zum Schloss eines Königs und sagte zum Königsschlossküchenchef:

„Ich könnte Köstliches für den König kochen.“
Da sprach der Königsschlossküchenchef: „Beweise es, koche das feinste Mittagessen.“ Jakob musste zuerst einen Hocker vor den Herd stellen, weil er so klein war.
„Was hat er denn gekocht?“, unterbrach Jonas.
„Er nahm einen riesigen Fisch und schnitt die feinsten Fischstäbchen raus.“
„Konnte er Ketschup machen?“, wollte Sophie wissen.
„Er machte Ketschup rot wie Blut und süß wie Schlagsahne – unterbrecht mich nicht, ich erzähle alles ...
Als der König diese Fischstäbchen aß, rief er: „Hmm, hmm, die schmecken viel besser als sonst. Kleiner Koch, koche künftig als königlicher Koch, weil du köstlich kochst. Und weil du so klein bist und eine so lange Nase hast, taufe ich dich Zwerg Nase – das finde ich nämlich sehr witzig.“
Sofort lachten alle, wie es sich gehört, wenn der König einen Witz macht: „Hahaha, er heißt Zwerg Nase!“
So wurde aus Jakob der königliche Koch Zwerg Nase.
Eines Tages kaufte Zwerg Nase drei lebende Gänse, denn es sollte Gänsebraten geben. Er trug sie in einem Käfig zum Schloss, da hörte er, dass eine Gans weinte. „Was ist denn mit dir los?“, fragte Zwerg Nase die heulende Gans.
„Ich bin überhaupt keine Gans“, sprach die Gans, „Ich bin ein verzaubertes Mädchen. Ich heiße Mimi.“

„Wenn das so ist“, sprach Zwerg Nase, „werde ich dich selbstverständlich nicht braten. Dann nehme ich dich mit auf mein Zimmer.“

Und er baute ihr neben seinem Bett ein Nest, fütterte sie mit Schokolade und Kuchen und unterhielt sich nach der Arbeit immer mit Mimi der Gans.

Und Mimi erzählte ihre Geschichte: Ihr Vater war Zauberer, der hatte Streit gehabt mit der gleichen Hexe, die Jakob verzaubert hatte! Das Mädchen Mimi hatte sie in eine Gans verwandelt.

Jakob und Mimi, total verzaubert

Die Gans hatte von ihrem Vater viele Zaubereien gelernt, deshalb wusste sie, dass Jakob das geheimnisvolle Kraut der Hexe finden musste, das Kraut hatte ihn zuerst in ein Eichhörnchen verwandelt und dann zum Zwerg gemacht. Würde er aber zum dritten Mal daran riechen, wärs mit dem Zauber vorbei. Leider wusste die Gans nicht, welches Kraut das war!

So musste Jakob Zwerg bleiben. Und die Gans musste Gans bleiben, ihr Vater hatte ihr nicht beigebracht, was man dagegen tut – er hatte nicht damit gerechnet, dass

jemand seine Tochter in eine Gans verwandeln will.
Eines Tages bekam der König Besuch von einem anderen König, der war genauso verfressen. Der König auf Besuch sagte zum König: „Dein kleiner Koch kocht köstlich, aber wetten, dass er die beste Pastete der Welt, die mit dem französischen Namen, den niemand aussprechen kann, nicht kennt?"
Sofort ließ der König Zwerg Nase kommen: „Kennst du die Pastete mit dem französischen Namen, den niemand aussprechen kann?"
„Klar doch", log Zwerg Nase – aber er hatte keine Ahnung, was das war. Zum Glück kannte die Gans die Pastete aus den Kochbüchern ihrer Mutter und schnatterte das Rezept runter.
Als Zwerg Nase am nächsten Tag die Pastete mit dem unaussprechlichen Namen servierte, rief der König: „Hmm. Hmm. Das schmeckt hervorragend."
Melitta erklärte: „Es schmeckte ungefähr so wie Mandeleis mit Ketschup."
„Hmm, hmm", machten Jonas und Sophie.
Der Besuch vom König aber sagte: „Bei mir zu Hause schmeckt das viel besser. Hier fehlt ein Kraut, ohne das schmeckts nicht himmlisch. Und dieses Kraut heißt NiesmitLust."

Da bekam der König einen Wutanfall: „Zwerg Nase, wenn du bis morgen die Pastete nicht himmlisch hinkriegst, lass ich aus dir Zwergenstäbchen machen! Kapiert?!"
„Kapiert, Majestät", murmelte Zwerg Nase.
Niedergedonnert schlich er zu seiner Gans.
Die schnatterte: „Ausgerechnet NiesmitLust! Das wächst nur im Dunkeln. Und weil man es nicht sehen kann, findet man es kaum."
Der König ließ Zwerg Nase bewachen, damit er nicht abhauen konnte, ehe er die Pastete richtig zubereitet hatte – oder selbst zu Zwergenstäbchen zubereitet wurde. Doch er durfte in den Garten, um Kräuter zu suchen, denn ums Schloss war eine hohe Mauer und am Eingang standen Wachen.
Es war eine stockfinstere Nacht. Zwerg Nase und die Gans tappten ewig im Finstern herum. Auf einmal war da wieder dieser seltsame Geruch, wie damals in der geheimen Kammer der Hexe, und die Gans schnatterte aufgeregt: „Das ist es! NiesmitLust!"
Als Zwerg Nase daran roch, musste er niesen und niesen, plötzlich schrumpfte seine Nase, wurde wieder normal, aber sein Körper wuchs, der Buckel verschwand. Er wurde ein wunderschöner junger Mann.
Die Gans war ganz begeistert.

Was taten sie nun? Zwerg Nase, der nun wieder Jakob war, hatte keine Lust länger für den König zu kochen – keiner will für einen kochen, der dich umbringen will, wenns mal nicht schmeckt. Jakob ging zum Schlosstor hinaus, einfach an den Wachen vorbei, die erkannten ihn nicht. Er sagte: „Schöne Nacht noch", und verschwand.
Und die Gans ging natürlich mit. Sie guckte die Wachen nur dämlich an und niemand interessierte sich für sie.
Sofort brachte Jakob die Gans zu ihrem Vater zurück. Der war sehr froh. Für ihn war es kein Problem, dass seine Tochter eine Gans war, er wusste, welches Kraut dagegen gewachsen ist. Er schenkte Jakob viel Geld und Jakob eilte zurück zu seinen Eltern. Was waren die glücklich, dass ihr Sohn wieder da war und viel Geld mitbrachte!

Melitta klappte das Buch zu. „So waren beide am Ende entzaubert und wieder glücklich bei ihren Eltern."
Jonas lachte: „Ich bin so froh, dass diese Geschichte gut endet." – Und dachte dabei nicht an sein Knie!
Sophie fragte: „Warum haben Mimi und Jakob nicht geheiratet?"
Melitta überlegte: „Wenn ein Mann ein Mädchen als Gans kennen lernt, will er sie nicht mehr heiraten."
Jonas nickte: „Ich würde auch keine Gans heiraten."

„Kennen Sie das Märchen von Zwerg Nase?“, rief Melitta zwischen den Blumen.
Professor Kugelklugel kam an die Mauer. „Ja, es ist von Wilhelm Hauff, er hat es sich ausgedacht.“
„Ausgedacht?“ Melitta konnte es nicht glauben. „Wie kam er denn auf die Idee?“
„Er hat als Kind alle Märchen gelesen, daraus hat er dann neue Märchen erfunden. Stell dir vor, auch er kannte alle Märchen in deinem Buch. Er hat viel studiert und auch Romane und Geschichten für Erwachsene geschrieben. Er wurde schon als junger Mann sehr berühmt.“
„So geht das?“
„Ja.“

Wilhelm Hauff, er lebte von 1802 bis 1827, kurz bevor er „Zwerg Nase“ schrieb. Auf dem Bild ist er etwa so alt wie du

•••••••

„Warum lest ihr nie Bücher?“, fragte Melitta ihre Eltern.
„Wenn man erwachsen ist, hat man dafür keine Zeit“, erklärte ihr Vater, „dann muss man Zeitung lesen, um auf dem Laufenden zu sein. “
„Und damit ich nichts falsch mache, muss ich Gesundheitstipps lesen und Verbrauchertipps und Geldanlagetipps und Gebrauchsanweisungen“, sagte ihre Mutter.
„Vor allem jeden Tag all die Sportergebnisse“, sagte ihr Vater, „da hat man keine Zeit mehr nur zum Vergnügen ein Buch zu lesen.“ Er schaltete seufzend das Fernsehprogramm um, von einer Fußballübertragung zu einer anderen, denn die Fußballmeisterschaft hatte begonnen, da war Papa immer wochenlang im Stress.
„Männer mögen keine Frauen, die lesen“, sagte ihre Mutter, „weil Frauen dann weniger Zeit haben die Männer zu bedienen. Würde ich gemütlich lesen, dein Vater würde verhungern.“
Wenn man als Erwachsener keine Zeit zum Lesen hat, dachte Melitta, dann will ich jetzt weiterlesen.

8. Kapitel

„Erzähl uns ein Märchen von einer Prinzessin!“, bettelte Sophie.

„Oh ja“, sagte Jonas.

„Oh je“, sagte Melitta. „ Prinzessinnen im Märchen sind langweilig, die sitzen nur rum und warten auf Prinzen, die sie heiraten.“

„Bitte“, sagte Sophie sehnsüchtig. Sie konnte sich nicht vorstellen, wie langweilig es ist, auf jemanden zu warten, was daran lag, dass immer alle auf Sophie warten mussten.

„Wie heißt die Prinzessin in deinem Märchen?“

Prinzessinnen haben bekanntlich Haare, die glänzen wie goldene und silberne Fäden am Weihnachtsbaum – und plötzlich wusste Melitta ihren Namen: „Es war einmal eine Prinzessin, die hieß Lametta ...“

„So heißen echte Prinzessinnen“, sagte Sophie beglückt.

Melitta erzählte weiter: „Prinzessin Lametta hatte einen Drachen ...“

„Warum?“ Sophie konnte sich zwar sehr gut vorstellen eine Prinzessin zu sein, aber einen Drachen hatte sie sich noch nie gewünscht.

„Wenn Prinzessinnen einen Drachen haben“, erklärte Melitta, „kommt garantiert ein Prinz, erschlägt den Drachen und heiratet die Prinzessin." Melitta wurde nachdenklich. „Allerdings ist mir nicht klar, warum die Prinzen das tun.

Brauchen Prinzessinnen einen Drachen?

So ein Drache ist doch praktisch, er bewacht einen, er kann alles tragen, dem ist es egal, wie viel man wiegt." Melitta glaubte nämlich, dass Prinzen keine dicken Prinzessinnen heiraten, darüber war sie aber gar nicht traurig, denn sie fand so ein Prinzessinnenleben langweilig ... immer nur auf den Prinzen warten ... dann auf das glückliche Ende warten ... Melitta fand es spannender, auf einem Drachen herumzureiten und was zu erleben. Und deshalb sagte Melitta: „Ich finde, eine Prinzessin sollte einen Drachen haben. Der ist noch praktischer als ein Auto."
„Männer machen Drachen kaputt, weil Männer auch Autos kaputt machen", sagte Jonas.
„Der Prinz muss den Drachen erschlagen, damit er ein

Mörder ist“, erklärte nun Sophie, „dann kommt er im Fernsehen.“

„Ein Mörder kommt ins Gefängnis. Da hat man nichts davon“, erklärte Melitta entschieden. Sie hielt es für angebracht, den Kleinen etwas Vernunft beizubringen.

„Die Prinzessin muss ihn mit einem Revolver befreien und mit ihm fliehen“, rief Jonas.

„Dann müssen sie sich lebenslänglich verstecken und können nie in die Eisdiele oder ins Kino.“

Tatsächlich sagte dann Sophie: „Ich glaube, es ist nicht gut, einen Mörder zu heiraten. Außerdem will meine Schwester Annette Tierärztin werden, die wird nicht erlauben, dass man Drachen ermordet.“

„Wir denken uns ein neues Märchen aus“, sagte Melitta. Sie fing wieder an: „Es war einmal eine Prinzessin, die wollte keinen Prinzen, der ihren Drachen erschlägt ...“

Da kam Tobias angerannt. „Los!“, schrie er, „gleich fängt das Autorennen im Fernsehen an!“

„Wir wollen ein Märchen hören“, rief Jonas.

„Ich darf bleiben“, rief Sophie, doch sie wusste, sie musste mit, Tobias musste auch sie nach Hause bringen.

Tobias schrie: „Mist-Märchen. Alles erstunken und erlogen, was eure Märchentante erzählt. Märchen sind nicht wahr!“ Er griff nach dem Märchenbuch, schmiss es auf den

Boden! Er grinste gemein: „Mädchen lesen nur schlechte Bücher!“

„Das ist nicht wahr!“, schrie Melitta.

„Du hast keine Ahnung, weil du zu wenig fernsiehst! Vier alte Männer haben es gestern im Fernsehen gesagt“, schrie Tobias zurück. Er packte Jonas und Sophie und zog sie fort. „Alles, was Mädchen machen, ist blöd!“

„Bis morgen Mittag“, riefen Sophie und Jonas.

„Nein“, Tobias rannte los, „morgen ist auch Autorennen. Los, los!“

Denn Fernsehen kann nicht warten, aber ein Märchen kann lange warten.

•••••••••

Traurig hob Melitta ihr Buch auf. Plötzlich begann es in ihrem Bauch zu gluckern. Es wurde ihr heiß, dann kalt. Sie fühlte sich sehr schwach. Kaum gelang es ihr, bis zum Garten von Professor Kugelklugel zu schleichen. „Mir ist so schlecht“, rief sie sehr schwach.

Zum Glück hatte Professor Kugelklugel schon auf sie gewartet. „Melitta, du bist so blass! Soll ich deine Eltern anrufen?“ Er kam eilig aus dem Garten, hob die schwache Melitta von der Mauer, führte sie zu seinem Sessel. Nun sah er erst, wie klein dieses Mädchen war – wenn sie nicht auf der Mauer stand. Und so schwach war sie. Melitta legte ihre Hand auf den Bauch und schloss die Augen.

„Möchtest du ein Glas Wasser? Oder Kamillentee? Darf man einem Kind Schnaps geben? Besser ein Glas Milch ... hab ich überhaupt Milch?!"

„Haben Sie Himbeereis mit Sahne?", fragte Melitta schwach. „Oder Schokolade mit Nüssen?"

Professor Kugelklugel stutzte: „Weißt du, wovon dir schlecht ist?"

„Ich habe ein schlechtes Buch gelesen."

Weil Melitta die Augen geschlossen hatte, sah sie nicht, dass Professor Kugelklugel jetzt ein bisschen lachte. Dann sagte er: „Ich habe Erdbeerkuchen, wie wärs damit?"

Ja, das mochte Melitta, und etwas Kamillentee.

Wird es einem schlecht, wenn man ein schlechtes Buch gelesen hat? Wie schlecht? Wie schnell?

Nachdem er Kuchen und Tee gebracht hatte, holte er einen Stuhl und setzte sich neben Melitta. Wieder lachte er ein bisschen, als er fragte: „Dir ist schlecht, weil du ein schlechtes Buch gelesen hast? Warum wars schlecht?"

„Tobias, der Bruder von Jonas, sagt, alle Bücher, die Mädchen lesen, sind schlecht. Im Fernsehen haben sie es auch gesagt. Und ich weiß, dass Märchen nicht wahr sind. Aber Fußball und Autorennen, das ist wahr."

„Jetzt werde ich dir den Unterschied zwischen guten und schlechten Büchern erklären. Aber zuerst, liebe Melitta: Wenn man ein schlechtes Buch gelesen hat, wird einem nicht schlecht, man bekommt davon keine Bauchschmerzen, nicht mal Kopfschmerzen. Schlechte Bücher wirken wie Sportsendungen – sie töten die Fantasie."

Entsetzt riss Melitta die Augen auf.

„Das tut nicht weh, das geschieht sehr langsam, es dauert Jahre – die Fantasie stirbt erst, wenn man viele schlechte Bücher liest oder viele Sportsendungen sieht. Nur wenig vom Schlechten ist nie schlimm, man lernt daraus sogar, was besser ist."

„Was ist der Unterschied?", fragte Melitta ungeduldig.

„Ein schlechtes Buch will dir erzählen, dass du nichts Neues denken darfst. Das ist die Lüge der schlechten Bücher. Ein Märchen aber ist keine Lügengeschichte, sondern zeigt dir, was möglich ist in deiner Fantasie. Jedes gute Buch bringt dich auf neue Ideen."

Melitta aß den Erdbeerkuchen auf. Dann sagte sie erleichtert: „Bestimmt lesen nur schlechte Mädchen schlechte Bücher."

„Nein“, sagte Professor Kugelklugel, aber er lachte dabei, „auch gute Mädchen lesen schlechte Bücher.“ Er lachte wieder. „Und auch schlechte Mädchen lesen gute Bücher. Aber wer behauptet, alle Bücher, die Mädchen mögen, seien schlechte Bücher, der will allen Mädchen verbieten, überhaupt zu lesen. – Nur wenn du selbst entscheiden kannst, was du tun willst, wirst du glücklich.“
„Aber Tobias sagt, dass alles dumm ist, was Mädchen machen!“
„Alle dummen Jungs wollen Mädchen Vorschriften machen. Aber kein kluges Mädchen hört auf dumme Jungs.“ Nun flüsterte Professor Kugelklugel, als würde er ein Geheimnis verraten: „Mit Rennen, Hüpfen, Springen kann man nur im Sport gewinnen. Mit Lesen gewinnt man überall. Wer das noch nicht weiß, der wirds bald wissen.“
Wusste er auch, wie schnell seine Worte wahr werden würden?

9. Kapitel

Sophie wusste, wie sie ohne Tobias in den Park kam. Sie nervte ihre Mutter so lange, bis es kam wie immer: Ihre ältere Schwester Annette musste sie hinbringen, obwohl

Annette wirklich Wichtigeres zu tun hatte. Jonas nahmen sie natürlich mit.
Als Melitta zur Märchenbank kam, saßen die beiden schon da. Daneben machte Annette eifrig Gymnastikübungen, die einen größeren Busen versprachen, das war sehr wichtig, denn nächste Woche durfte Annette zum ersten Mal auf eine richtige Party mit Jungs. Außerdem musste sie noch joggen, um auf der Party total fit zu sein.
Zuerst erklärte Melitta, dass es gute und schlechte Drachen gibt: „Die schlechten Drachen halten die Prinzessin gefangen und die Prinzessin darf nichts machen – außer putzen und kochen. Die guten Drachen bringen die Prinzessin überallhin und helfen ihr das zu tun, was sie tun will."
„Es gibt auch gute und schlechte Prinzen", rief Jonas.
„Natürlich", sagte Melitta. „Aber ein Prinz, der einen guten Drachen umbringt, ist immer ein schlechter Prinz. Ein guter Prinz bringt nur schlechte Drachen um."
„Es gibt auch gute und schlechte Prinzessinnen", rief Sophie, „die schlechten sind hässlich!"
„Nein, die schlechten sind dumm", rief Melitta, „die lassen sich vorschreiben, was sie machen sollen!"
Da ertönte in der Ferne ein großes Geschrei. Auf der Wiese, wo die Mädchen saßen, musste Ungeheuerliches geschehen sein.

„Geh nachsehen, was los ist“, sagte Annette zu Sophie, – denn als ältere Schwester muss man zwar ständig auf die Kleinen aufpassen, was ein großer Nachteil ist, aber man hat auch den Vorteil, dass man immer jemanden hat, um einfache Aufgaben erledigen zu lassen.

Sophie rannte los und Jonas durfte mit. Vom Hügel aus sahen Melitta und Annette, dass ein größerer Junge zwischen den Mädchen stand.

„Das Bürschlein kenn ich doch“, sagte Annette, „das ist doch Micker-Michi. Letztes Jahr war er klein und mickrig und die Mädchen haben ihn ausgelacht. Aber jetzt ist er so groß.“

Sophie und Jonas kamen zurückgerannt. „Da ist ein Junge“, rief Sophie, „er will den Mädchen alle Drachen zerschlagen!“

„Nein, er will ihnen alle Sachen erschlagen!“, rief Jonas.

„Er hat zwei Mädchen ihr Eis weggenommen und hat es gegessen!“, rief Sophie.

„Und er wird alle Mädchen überfallen!“ Jonas guckte wild und mutig, einen Jungen konnte man nicht so leicht überfallen.

„Bestimmt ist er auch Bankräuber, dann wird er auch diese Bank überfallen“, Sophie sah schaudernd zur Parkbank.

„Kommt mit“, sagte Melitta entschlossen.

Wollte er auch die Bank überfallen? War er auch Bankräuber?

Auch Annette ging mit, Bankräuber sind interessanter als Gymnastikübungen.
Von weitem hörten sie den Jungen brüllen: „Ihr blöden Gänse, gebt mir Geld!“
Die Mädchen brüllten zurück: „Wir geben dir nichts, wir sind keine blöden Gänse!“
„Bestimmt sind es verzauberte Prinzessinnen“, sagte Jonas.
„Nicht jedes Mädchen ist eine verzauberte Prinzessin“, sagte Melitta, denn was auf der Wiese geschah, war kein Märchen. „Aber es ist auch nicht jedes Mädchen eine Gans.“
„Da kommt auch noch die Leseratte“, zischte Pamela.
Melitta hörte gar nicht hin. Sie stellte sich direkt vor den Jungen: „Wie heißt du?“
„Hä?“, machte der. „Hä, ich bin Micker-Michi, äh, nein,

Aus Micker-Michi war Macker-Micha geworden

äh, ich bin Macker-Micha, hä hä. Jetzt hab ich Mackies, äh Muckis." Er ballte seine Fäuste, hob die Arme und betrachtete stolz seine Armmuskeln. „Jetzt bin ich ein richtiger Mann und nehme mir, was ich will!"

„Und was willst du?", fragte Melitta.

Macker-Micha ließ die Muskeln sinken, hakte die Daumen in den Gürtel seiner Jeans, stellte sich so breitbeinig hin, als hätte er ein Pferd zwischen den Beinen, spuckte auf den Boden und sagte: „Geld oder Leben."

„Wenn du mich erschießt, bring ich dich um", schrie Jonas wild und mutig.

„Halts Maul, du Zwerg", sagte Macker-Micha.

Jonas hielt wild und mutig den Mund.

„Du kannst uns nicht erschießen", sagte Melitta, „das ist

verboten. Unser Leben kannst du nicht haben, du musst was anderes verlangen."

„Hä?", machte Macker-Micha. Er spuckte wieder auf den Boden, sagte drohend: „Geld oder Hiebe."

„Hä?", äffte ihn Melitta nach. „Du willst Hiebe von uns? Die kannst du haben."

„Jaaaa", kreischten die Mädchen.

„Ich will doch keine Hiebe von blöden Gänsen!", schrie Macker-Micha. „Ich meinte Geld oder Siebe!"

„Es heißt Geld oder Liebe, du Idiot!", schrie Pamela. Sie trug heute einen schwarzen Badeanzug und sah toll erwachsen aus, besonders als sie schrie: „Alle Männer wollen Liebe!"

„Willst du ihm Liebe geben?", fragte Melitta.

„Neeee", kreischte Pamela.

„Neeee", kreischten alle Mädchen.

„Ich will Liebe!", schrie Macker-Micha, es gefiel ihm, dass die Mädchen solche Angst hatten. „Ich will von allen Liebe!"

„Geht in Ordnung", sagte Melitta. „Kannst du haben."

„Hä?", staunte Macker-Micha.

„Du musst nur beweisen, dass du ein richtiger Mann bist." Melitta sah ihm frech ins Gesicht: „Wie willst du das beweisen?"

Die Mädchen murmelten angstvoll. Eine, man nannte sie „die brave Babette“, sagte: „Ich kann mir denken, was er macht“, und guckte besorgt. – Sie sagte aber nicht, was sie dachte, damit hinterher niemand sagen konnte, dass sie das Falsche gedacht hatte.

Macker-Micha grinste blöd: „Das sage ich nicht.“ – Das sagte er immer, wenn er was nicht wusste, das hört sich viel besser an, als zugeben zu müssen, dass man was nicht weiß. Aber Melitta konnte Macker-Micha mit diesem Trick nicht reinlegen. „Du glaubst, dass ein richtiger Mann alles besser kann als ein Mädchen.“

Macker-Micha rülpste: „Genau!“

„Und was genau?“

Macker-Micha ballte die Fäuste und führte wieder seine Muckis vor. „Das sag ich nicht.“

„Dann sag ich es“, sagte Melitta, „als Mann kannst du schneller rennen, höher springen und besser kicken.“

„Genau.“

„Also, machen wir einen Wettkampf, du gegen drei Mädchen. Du musst schneller rennen als jede, weiter springen als jede und besser kicken.“ Melitta sagte das, als sei die Sache völlig klar – und sie war ja völlig klar. „Und wenn du gegen alle gewonnen hast, bekommst du Liebe von allen. Du bekommst von allen Mädchen Küsse, so viel du willst.“

„Nee“, zischten die Mädchen.
„Und zwar auf deine männlichsten Teile“, sagte Melitta.
„Ihhh“, kreischten die Mädchen. Eine flüsterte entsetzt: „Sollen wir ihn etwa auf seine Pickel küssen?“ Macker-Micha hatte eklige Pickel.
„Hä? Wohin?“
„Auf deine männlichsten Teile. Logisch, du willst ja gewinnen, weil du ein Mann bist.“
Macker-Micha wusste nicht, was er dazu sagen sollte, und war so schlau nichts dazu zu sagen.
„Geh schon rüber zum Fußballplatz“, befahl Melitta, „unser Team kommt gleich.“
Macker-Micha tat, als ginge er sehr lässig zum Fußballplatz, es war ihm aber sehr mulmig.
„Ich mach da nicht mit, weil wir verlieren“, flüsterte die brave Babette und setzte sich ins Gras.
„Ich mach auch nicht mit“, sagte ihre Freundin, die artige Anna, und setzte sich, denn beide sagten und machten immer dasselbe.
Pamelas dunkelhaarige Freundin erklärte: „Ich hätte mitgemacht, wenn die anderen mitgemacht hätten.“
„Ich mach auch nicht mit“, riefen die anderen und setzten sich.
Annette war wütend. Sie war die Älteste, musste sie sich

jetzt um all die kleinen Mädchen kümmern? „Und was macht ihr, wenn er wiederkommt?“, rief sie wütend.
„Wir können ihm Geld geben, damit er uns in Ruhe lässt, er wollte doch Geld“, sagte die brave Babette.
Und die artige Anna sagte: „Mir macht es nichts aus, wenn er mein Geld wegnimmt. Mein Papa gibt mir neues.“
„Ihr seid wirklich blöde Gänse“, rief Annette, „ich hüte euch nicht!“
„Mach du mit“, sagte Melitta und flüsterte Annette etwas ins Ohr. Worauf Annette grinste: „Jawohl, ich mache mit.“
Die Mädchen im Gras starrten stumm.
„Darf ich auch mitmachen? Bitte!“, rief Sophie.
„Immer will sie überall mitmachen“, stöhnte Annette, „meinetwegen – weil die anderen zu feige sind.“
Da stand Pamela auf. „Ich mach auch mit.“ – Rettungsschwimmerinnen sind von Natur aus sehr mutig. Ein Raunen ging durch die Mädchen.
Melitta flüsterte auch Pamela ins Ohr.
„Oh la la“, lachte Pamela, strich sich die Haare aus dem Gesicht, „da zieh ich mich gleich um.“
Pamelas Sporttasche lag neben ihrem Mountainbike, es dauerte nicht lange und sie trug statt des schwarzen Badeanzugs nun rot glänzende Shorts mit goldenen Sternen und dazu ein bauchfreies Top und goldene Rennschuhe.

Schließlich ist es wichtig, für jede Sportart richtig gekleidet zu sein.
Nun begab sich das Team mit seiner Anführerin Melitta zum Fußballplatz. Und all die Mädchen im Gras standen eine nach der anderen auf und gingen hinterher.

Macker-Micha wartete an einem Fußballtor, um ihn herum aufgeregte Jungs.
Melitta erklärte: „Du kickst zuerst zehn Mal ins Tor, dann ein Mädchen. Wer öfter trifft, hat gewonnen. Du musst aber gegen alle drei Mädchen gewinnen."
„In das große Tor trifft sogar ein Mädchen, wenn kein Torwart da ist", rief ein Junge höhnisch, „Ihr müsst wie in der Sportsendung in eine offene Waschmaschine kicken, das ist schwierig!"
Da keine Waschmaschine rumstand, beschloss man schließlich, dass sich zwei Jungs an den Händen fassen und im Abstand von einem Meter aufstellen sollten. Zwischen den beiden musste der Ball durch.
Macker-Micha umschlich den Ball mit Kennerblick und traf ins Tor. „Super!", jubelten ringsum die Jungs. Wieder kickte er, traf wieder. „Super, super!", jubelten die Jungs. Und er traf wieder. „Super, super, super!" Dann traf er einen Jungen, einen Torpfosten, das galt nicht. Beim letzten

Das Tor, als Macker-Micha kickte.
Unten: Das Tor, als Annette kickte.
Beschiss?

Schuss wäre der Ball am Tor vorbeigerollt, aber da hüpfte dieser Torpfosten zur Seite, damit der Ball durchging.
„Beschiss“, riefen die Mädchen. Aber der Torpfosten guckte, als wäre nichts gewesen. Nun hatte Macker-Micha neun Mal getroffen.

Als Erste trat Annette gegen ihn an. Zehn Mal musste sie treffen, um zu gewinnen! Annette konzentrierte sich, kickte und traf. „Zufallstreffer“, maulten die Jungs. Annette traf zum zweiten Mal. „Glück gehabt“, maulten die Jungs. Beim dritten Treffer fiel den Jungs nichts mehr ein. „Kicken ist kinderleicht“, kicherte Annette und traf wieder. Beim fünften Kick hüpfte ein Torpfosten vor den Ball, er prallte zurück. Beim sechsten Kick der gleiche Trick. „Beschiss“, schrie Annette. „Gar nicht“, logen die Torpfosten frech. So kam es, dass Annette gegen Macker-Micha verlor.
Wieder begann Macker-Micha. Die Torpfosten rückten wieder auseinander, diesmal traf Macker-Micha sogar zehn Mal.

Seine nächste Gegnerin Pamela streifte ein goldenes Stirnband über ihre Haare. Es sah aus wie eine Krone. Toll. Pamela warf den Ball in die Höhe und kickte ihn mit dem Kopf! Alle staunten: Warum tat sie das? Um ihre neuen goldenen Sportschuhe zu schonen! Ihre Mutter hatte nämlich gedroht: Wenn an den neuen goldenen Sportschuhen wieder so schnell die Farbe abgeht, dann nie wieder goldene Sportschuhe! Pamela kickte mit dem Kopf, als würde sie sich ins Meer stürzen, und traf – immerhin – vier Mal ins Tor. Sie streifte das Stirnband ab und strich sich lächelnd die Haare ins Gesicht.
Dann traf Macker-Micha wieder neun Mal. Dann Sophie. Die Torpfosten fanden es peinlich, gegen das kleine Mädchen zu spielen, und blieben großzügig so weit auseinander wie bei Macker-Micha.
Sophie kickte, der Ball blieb drei Meter vor dem Tor liegen. Der zweite einen Meter davor. Der dritte blieb mitten im Tor liegen. Sophie schrie: „Ein Tor!"
Die Jungs schrieen: „Nein! Er liegt davoor!"
Annette sagte: „Egal, sie hat sowieso schon verloren."
Die Jungs staunten, rechneten. Um gegen die neun Tore von Macker-Micha zu gewinnen, hätte Sophie ja zehn Mal treffen müssen! Sie jubelten, als wären sie Weltmeister geworden.

Nun war Weitsprung dran. Macker-Micha nahm fünfzig Meter Anlauf und sprang trotzdem nicht besonders weit. So weit sprang Annette mit ihren langen Beinen im Sportunterricht auch. Doch jetzt schaffte sie es seltsamerweise nicht. Verloren.
Gegen Pamela nahm er noch mehr Anlauf, sprang trotzdem nicht weiter als vorher. Und Pamela? Sie hüpfte von der Absprunglinie vorsichtig in die Sandgrube – Sand ist nicht gut für goldene Schuhe. Verloren.
Sophie nahm noch mehr Anlauf als Macker-Micha, und verlor natürlich.
Unter dem Jubelgeschrei der Jungs gingen alle zur Rennstrecke: eine Runde durch den Park. Wenn man eine so lange Strecke läuft, fängt man langsam an, um die Kräfte zu schonen, erst im Endspurt legt man los. Aber Annette rannte mit Höchstgeschwindigkeit los, Macker-Micha kam kaum mit. Endlich überholte er sie. Dann überholte Annette ihn. Er sie. Sie ihn. Erst kurz vor dem Ziel konnte er sie wieder überholen! So knapp gewann er.
Pamela wartete schon. Ihr Haar flatterte wunderschön im Wind. Macker-Micha schwitzte, als müsste er mit dem Fahrrad bergauf strampeln, Pamela schwebte, als würde sie mit dem Fahrrad bergab fahren. Bald lief Pamela vor ihm. Meter für Meter entfernten sich ihre blonden Haare, ihre

roten Shorts. Die Mädchen kreischten: „Pamela! Pamela!“ Da blieb Pamela stehen, drei Meter vor dem Ziel! Ihr goldener Turnschuh war aufgegangen! Sie kniete nieder und band sorgfältig die Schleife, da keuchte mit letzter Kraft Macker-Micha an ihr vorbei!

Jetzt noch Sophie. „Ist doch klar, dass ich gegen das kleine Mädchen gewinne“, keuchte Macker-Micha.

Sophie rannte schon los. Sie hüpfte neben dem erschöpften Macker-Micha wie ein kleiner Hund.

„Ein großer Junge macht ein Wettrennen gegen ein so kleines Mädchen!“, rief eine Frau am Wegrand.

„Und er verliert sogar“, sagte ihr Mann und sah mitleidig auf Macker-Micha.

Den packte die Wut. Jetzt hatte er es gemerkt: Die Weiber wollten ihn reinlegen. Aber nicht ihn! Hinter einem Busch, wo ihn keiner sehen konnte, gab er Sophie einen Schubs. Sophie fiel hin.

„Halt, warte auf mich!“, rief Sophie. Natürlich wartete Macker-Micha nicht.

Und so gewann er. Im Ziel riss er seine Arme hoch, schüttelte seine Fäuste, als hätte er eine Goldmedaille verdient!

Da kam Sophie angerannt: „Ich hätte gewonnen, hätte er mich nicht geschubst!“

„Er ist eben umwerfend“, sagte Annette.

„Herzlichen Glückwunsch“, grinste Melitta Macker-Micha an, „jetzt werden wir deine männlichsten Teile küssen.“
Macker-Micha stotterte entsetzt: „Aber doch nicht vor allen Leuten.“
„Aber doch“, grinste Annette.
Macker-Micha wurde es unheimlich.
„Wo sind denn deine männlichsten Teile?“, grinste Pamela.
„Das sag ich nicht“, sagte Macker-Micha, er blickte nicht mehr durch.
„Ich seh keine“, rief Pamela.
„Ich seh nicht das klitzekleinste“, rief Annette. „Wir können dich nicht auf deine männlichsten Teile küssen, du hast gar keine!“
„Richtige Männer müssen sich rasieren, die haben Barthaare“, rief Melitta, „du hast keine!“
„Du hast nur Pickel!“, schrie Sophie.
„Ich hätte dich auf tausend Barthaare geküsst“, rief Pamela schwärmerisch, „aber du bist gar kein richtiger Mann.“
Sie kitzelte ihn neckisch am Kinn: „Wie ein Baby.“
„Fasst mich nicht an“, brüllte Macker-Micha, knallrot vor Wut und weil er sich so schämte.
Da fingen die Mädchen an zu singen: „So dumm kann doch kein Mann sein! Das kann nur Macker-Micha sein!“
Da rannte Macker-Micha weg.

Die Mädchen sangen noch, als Macker-Micha längst nicht mehr zu sehen war. Der ganze Park sang mit.

„Das war eine tolle Idee von Melitta", sagte Pamela voll Bewunderung.

„Das hat sie in einem Buch gelesen", rief Jonas stolz.

„Und sie liest uns alles vor", rief Sophie.

„Darf ich auch zuhören?", fragte ein Mädchen schüchtern.

„Ich auch?", eine andere.

„Dann kommt morgen zur Märchenbank."

„Auf Wiedersehen, Melitta!", riefen alle.

So hat sich erwiesen, was Professor Kugelklugel prophezeit hatte: Mädchen, die lesen, sind klüger!

•••••••••

Als Jonas zu Hause erzählte, wie Melitta die Mädchen aus großer Gefahr errettet hatte, sagte sein Vater: „Das war mutig und klug. Und da Melitta so fabelhaft Märchen erzählen kann, wäre der ideale Beruf für sie Politikerin. Da fangen alle Märchen an mit: Es wird einmal."

Tobias, der die Fischstäbchen auf seinem Teller wie Rennwagen hin und her schob, brummte verächtlich: „Mist-Politikerin. Was bringt das schon?"

Seine Mutter sagte: „Als Ministerin oder Bundeskanzlerin wird sie viel, viel mehr verdienen als du. Du willst ja nur Auto fahren lernen."

Sein Vater sagte: „Tobias wird Chauffeur bei Melitta. Dann muss er sie immer herumfahren, immer ganz langsam, damit sie unterwegs den Leuten zuwinken kann, aber meistens sitzt er nur rum und wartet auf sie. Das ist die beste Strafe."

Melitta als Politikerin.
Würdest du sie wählen?

Tobias blickte finster vor sich hin: „Wenn das so ist, werde ich Melitta heiraten."
Seine Mutter lachte: „Na, warten wirs ab."
„Nein", sagte Tobias entschlossen, „das ist eilig. Ich muss sie als Erster fragen, dann muss sie mich heiraten."
„Wieso?", fragte Jonas.
„Du blickst nicht durch, weil du zu wenig fernsiehst", rief Tobias. „Wenn ein Mann eine Frau fragt, ob sie ihn heiraten will, sagt sie immer Ja. Man muss nur der Erste sein, der fragt, sonst sagt sie, sie hätte es schon jemand anderem versprochen."
„Hast du den ersten Mann geheiratet, der dich gefragt hat, Mama?", fragte Jonas.
„Ja", antwortete seine Mutter.
„Siehst du", rief Tobias.
Jonas sah enttäuscht zu seiner Mutter.
„Aber das war nicht der Grund", sagte die Mutter. Dann fragte sie Tobias: „Warum willst du Melitta heiraten, du kannst sie doch gar nicht leiden?"
„Wenn sie reich wird, gehört mir ihr Geld", erklärte Tobias.
„So dumm ist er nicht", sagte sein Vater.
„Morgen werde ich sie fragen!" Tobias stand auf, ging in sein Zimmer, und was tat er? Er las ein Buch! Es war das Buch über die letzte Fußballweltmeisterschaft.

••••••••••

Tobias wird Melitta heiraten! Tausend Fragen stürmten Jonas durch den Kopf. „Wird sie bei uns wohnen und mir immer Märchen erzählen?“ Seine Mutter wusste keine Antwort. „Oder zieht Melitta weit weg?“ Auch die Prinzessinnen im Märchen ziehen mit den Prinzen auf entfernte Schlösser. Wenn Melitta geheiratet hat, wird er sie dann je wiedersehen? Jonas war verzweifelt.

Jonas bettelte seinen Vater an Melitta anzurufen. Jonas wusste ihren Nachnamen, sie hatte ihn in ihr Buch geschrieben und Jonas vorgelesen.

„So ein Buch ist rundum praktisch“, sagte der Vater. Er rief die Auskunft an und schnell hatten sie Melittas Nummer. Jonas durfte selbst wählen. „Das wird eine Überraschung für Melitta“, lachte der Vater.

Es war aber Melittas Mutter am Telefon.

„Ich bin Jonas, ich bin der Freund von Melitta“, rief er, „mein Bruder will sie heiraten!“

„Wen will er heiraten?“, fragte Melittas Mutter.

„Tobias will Melitta heiraten!“

„Ich dachte zuerst, er will mich heiraten“, sagte Melittas Mutter, sie klang aber nicht besonders enttäuscht. „Und du bist Jonas“, sagte sie dann, „Melitta hat uns viel von dir erzählt.“

„Ich bin der Freund von Melitta", sagte Jonas stolz. „Und mein Bruder will sie sofort heiraten!"
„Na so was", sagte Melittas Mutter, „wenn du ihr Freund bist, warum willst du sie nicht heiraten?"
Jonas schwieg verblüfft. Er war einfach nicht auf die Idee gekommen!
„Hallo, bist du noch da?", fragte Melittas Mutter.
Jonas stotterte: „Ich dachte, ich wäre zu jung zum Heiraten. Und weil Melitta fast doppelt so alt ist wie ich!"
„Das macht doch nichts", lachte Melittas Mutter, „vielleicht will sie lieber einen Jüngeren heiraten. Meinetwegen gern."
„Ich kann Melitta auch heiraten?"
„Das musst du sie selbst fragen." Melittas Mutter rief: „Melitta, dein Freund ist am Telefon, sein Bruder will dich heiraten."
„Höre ich recht", sagte Melittas Vater und vergaß das Fußballspiel im Fernsehen, „ein Heiratsantrag für meine Tochter?"
Melitta konnte es auch nicht glauben: „Tobias will mich heiraten?", rief sie ins Telefon.
„Ich auch", rief Jonas. „Deine Mama hat es erlaubt."
„Du willst mich auch heiraten?", staunte Melitta.
„Zwei Heiratsanträge!", rief Melittas Mutter.

„Sag den Herren, wir werden alle Anträge sorgfältig prüfen“, rief Melittas Vater.
Melitta sagte es Jonas. Er konnte die ganze Nacht vor Aufregung kaum schlafen.
Als Melitta das Telefon aufgelegt hatte, sagte ihr Vater: „Alle Achtung. Wie kommt denn das?“
„Das kommt vom Lesen“, sagte Melitta.
„Du bist in letzter Zeit auch schlanker geworden“, sagte ihre Mutter, „deine Hose ist am Bund ganz weit!“
Tatsächlich! Weil Melitta nicht mehr beim Fernsehen, immer wenn die Werbung kommt und wenns sonst langweilig ist, Cracker und Chips isst, Schokos und Snacks und Nüsschen und sonst noch ein Bisschen so nebenher nascht, wird sie täglich ein bisschen schlanker.
„Das kommt auch vom Lesen!“

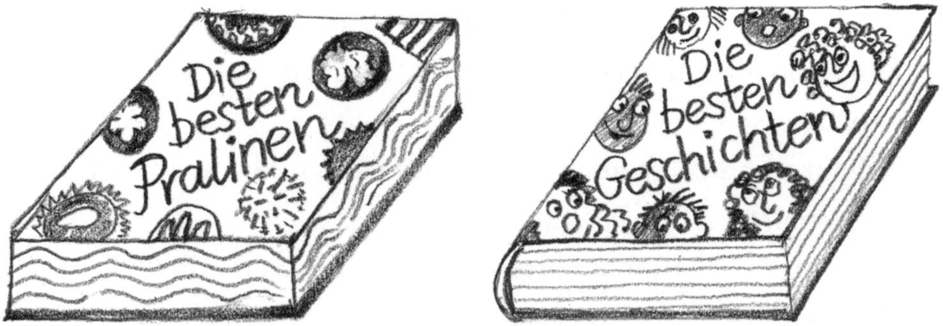

macht dick   macht nicht dick

wissenschaftlich bewiesen!

10. Kapitel

„Lesen macht schlank!“, rief Melitta auf der Mauer von Professor Kugelklugel. „Ich kanns beweisen.“ Froh zeigte sie auf ihre viel zu weite Hose. „Weil Lesen so spannend ist, dass man dabei nichts naschen muss. Deshalb!“
„Da muss ich in der Zeitung drüber schreiben“, rief Professor Kugelklugel. „Das wird eine Sensation, das gibt die Schlagzeile:

ENDLICH BEWIESEN:
LESEN MACHT SCHLANK!

Das muss man sich mal vorstellen“, rief er, als könnte er es sich kaum vorstellen, „ein ganz dünner Cracker oder Chip macht dick, aber sogar das dickste Buch macht überhaupt nicht dick!“
Melitta verkündete die nächste Sensation: Jetzt gleich wird ein Junge ihr einen Heiratsantrag machen! Deshalb kam sie heute bei Professor Kugelklugel vorbei, ehe sie in den Park ging, damit er nicht so lange auf die sensationellen Neuigkeiten warten musste, aber nun hatte es Melitta sehr eilig – und wutsch, war sie weg.
Staunend stand Professor Kugelklugel im Garten. Dann ging auch er weg.

•••••••••••

Niemand war bei der Märchenbank. Weit und breit niemand zu sehen. Melitta war vor Aufregung viel zu früh gekommen. Da hilft nur warten. Wenn man warten muss, ist es am besten, ein Buch zu lesen. Man wartet zwar trotzdem, aber wenn man liest, vergisst man, dass man wartet.

„Melitta! Melitta!“, da kam Jonas. Er trug ein neues himmelblaues Hemd mit wunderhübschen gelben Tupfen, klar, wenn man einen Heiratsantrag macht, zieht man sich besonders hübsch an.

Bei ihm war natürlich Sophie: „Jonas hat gesagt, dass deine Mama erlaubt hat, dass du Jonas heiratest, wenn du nicht zuerst Tobias heiratest. Und seine Mama hat erlaubt, dass ich Brautjungfer sein darf. Und meine Mama erlaubt es bestimmt auch.“

„Bestimmt“, sagte Melitta nur, sie war zu aufgeregt, denn da kam Tobias, mit ihm etwa zwanzig Mädchen und Jungs, sie wollten von Melitta Märchen hören – und vor allem, wie Tobias einen Heiratsantrag macht, bei solchen Ereignissen ist jeder gern dabei.

Ein Mädchen aus Pamelas Clique sagte neidisch: „Ausgerechnet die Dicke will er heiraten!“

Aber eine andere sagte: „Sie ist gar nicht so dick. Und sie ist ganz toll.“

Alle standen um die Bank rum. Tobias kaute Kaugummi mit offenem Mund, als wäre er ein Ochse. Plötzlich warf er sich auf den Boden, machte einen Liegestütz, dann schnellte er hoch, dass er kniete, und rief:

„Hör sofort auf, mein Herz zu quälen,
tu zur Heirat mich erwählen!"

Macht man so einen Heiratsantrag?

Er sprang auf, schüttelte sich die Hände überm Kopf, wie ein Sieger, der sich selbst gratuliert.
Melitta staunte: „Warum redet er so komisch?"
„Weil ein Heiratsantrag wie ein Gedicht sein muss", rief Pamela. Sie lächelte bescheiden: „Das Gedicht ist übrigens von mir, ich wollte Tobias helfen."
„Auf heiraten reimt sich nichts", maulte Tobias.

„Wir haben ihm gesagt, dass er vor der Braut auf die Knie fallen muss“, riefen die brave Babette und die artige Anna.
„Und warum kaut er so komisch?“, fragte Melitta.
Tobias rief: „Jonas hat gesagt, ich muss mundvoll fragen!“
„Huldvoll!“, schrie Jonas.
„Jonas hat Recht“, sagte Melitta, „es heißt huldvoll. Das ist nämlich, wenn man mit jemand sehr freundlich spricht.“
Tobias spuckte den Kaugummi vor die Bank. „Also was sagst du jetzt?“
Melitta sagte:

„Ich will deine Worte bedenken,
doch mein Herz so schnell nicht verschenken.“

„Dichten kann sie auch“, flüsterte ein Junge ehrfurchtsvoll.
„Versteh ich nicht“, maulte Tobias.
„Ich versteh nicht, warum du mich heiraten willst“, sagte Melitta.
„Wenn ich eine kluge Frau habe, muss ich selbst nichts lernen und habe mehr Zeit für Sport. Darum!“ Er sah genervt in die Runde, Mädchen musste man die einfachsten Sachen erklären!
Da schob ein Junge die anderen beiseite, er war etwas größer als Tobias, vor allem dicker, er klimperte mit Geldstücken in seiner Hosentasche und sagte: „Ich bin der Dago. Ich will dich auch heiraten.“

Die Mädchen schrieen „Ah“ und „Oh“. Die Jungs waren sprachlos.
„Jetzt muss sie heulen“, sagte die brave Babette. „Jede Frau heult, wenn sie einen Heiratsantrag bekommt in einer Live-Sendung.“
Aber Melitta heulte nicht. Sie fragte: „Und warum willst du mich heiraten?“
„Weil alle sagen, dass du viel Geld verdienen wirst. Dann kannst du mir alles kaufen. Ich will jedes Jahr ein neues Auto und eine neue Yacht und alle neuesten Computer und alle neuen Spiele und ...“
„Du kannst sie nicht heiraten“, schrie Tobias und schubste Dago zur Seite und schüttelte sich wieder die Hände wie ein Sieger, „ich hab sie zuerst gefragt!“
Melitta sagte: „Es ist egal, wer zuerst gefragt hat. Ich habe dabei auch ein Wörtchen mitzureden.“
„Das Wörtchen ist Ja“, rief die artige Anne.
„Und dann musst du sagen: Ich liebe dich“, rief die brave Babette.
„Das Wörtchen ist Nein“, sagte Melitta.
Nun hielt es Jonas nicht mehr aus. Er stellte sich auf die Bank, so war er sogar größer als sein Bruder, und schrie: „Ich kann sie auch heiraten! Ihre Mutter hats erlaubt!“ Frech sagte er zu Tobias: „Sie will einen Jüngeren.“

„Das Alter spielt keine Rolle für mich“, sagte Melitta.
„Nur die Liebe zählt“, riefen die artige Anne und die brave Babette dazwischen.
Aber Melitta sagte: „Ich will wissen, was es mir bringt, wenn ich euch heirate. Oder einen von euch.“
„Wenn du mich heiratest“, sagte Tobias, „darfst du zugucken, wenn ich Rennen fahre.“
„Wenn du mich heiratest“, sagte Dago, „darfst du dir was kaufen.“
„Aber du hast gesagt, du willst mich heiraten, damit ich dir was kaufe!“, rief Melitta.
Dago guckte schlau: „Verheiratete Frauen brauchen kein eigenes Geld. Sie geben ihr Geld ihrem Mann, der gibt ihnen was ab. Frauen dürfen nur was kaufen, wenn es die Männer erlauben.“
„Wenn du mich heiratest“, rief Jonas, „erzählst du mir immer Geschichten, damit mir nie langweilig ist.“
„Ich hab nicht ewig Zeit“, unterbrach Tobias, „ich muss zum Training. Mein Freund leiht mir sein Skateboard.“
„Vielleicht will ich nicht heiraten“, sagte Melitta.
„Aber immer wenn ein Prinz eine Prinzessin heiraten will, dann will sie auch“, rief Jonas, „du hast es selbst vorgelesen.“
„Eine echte Prinzessin will heiraten!“, rief die artige Anna.

„Und es gibt eine Märchenhochzeit“, sagte Sophie. Sie stellte sich die ganze Zeit vor, wie sie als Brautjungfer aussehen würde mit einem Blumenkranz im Haar und einem langen Kleid wie eine Prinzessin. Garantiert entzückend. Wer dabei wen heiratet, war ihr, ehrlich gesagt, egal.

Sophie als Brautjungfer
– schöner als jede Braut!

Tobias sah auf seine Uhr, die selbstverständlich auch eine Stoppuhr hatte. „Wir machen jetzt einen Wettkampf und der Gewinner darf sie heiraten.“ Er grinste heimlich. Gegen den Kleinen und den Dicken würde er jeden Wettkampf gewinnen, bei dem man die Zeit stoppt. Damit keiner widerspricht, erklärte er: „Männer müssen um Frauen kämpfen, haben sie im Fernsehen gesagt.“

Doch der schlaue Dago sagte: „Wir werfen eine Münze, das geht schneller. Tobias wirft – liegt Kopf oben, gewinnt er. Liegt Zahl oben, bekomme ich das Mädchen." Dago hatte nämlich eine Münze, die hatte auf beiden Seiten eine Zahl. Damit hatte er schon viele reingelegt. Er erklärte schlau: „Im Grunde dreht sich alles ums Geld. Haben sie auch im Fernsehen gesagt."

„Und mein Fernseher hat gesagt", schrie Jonas, „dass Männer die Frauen unterhalten müssen. Ich kann ihr das tollste Märchen erzählen."

„Nein", sagte Melitta. „Ihr macht keinen Wettkampf um mich, ich entscheide selbst, was ich tu." Sie sah alle an: „Und jetzt werde ich euch ein neues Märchen erzählen. Ein Märchen über eine ganz andere Prinzessin. Wollt ihr es hören?"

„Oh ja", riefen alle.

Nur Tobias fragte: „Wie lange dauert das?"

Und Dago fragte: „Was bezahlst du mir fürs Zuhören?"

„Wer nicht zuhören will, soll gehen", sagte Melitta.

Alle blieben. Auch Dago, schließlich kostet Zuhören nichts. Tobias beschloss, beim Zuhören seine Hirnmuskeln zu trainieren. Und Jonas rückte ganz eng an Melitta.

Es konnte losgehen:

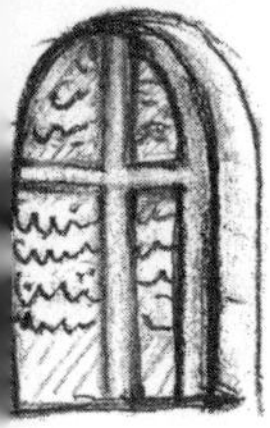

Die Prinzessin, die nicht heiraten wollte

Es war einmal eine Prinzessin, die hieß Lametta, denn ihre Haare glänzten wie Gold- und Silberfäden. Die Prinzessin hatte einen Drachen, mit ihm lebte sie im Wald, sie wohnte in einem Turm und nachts schlief der Drache davor.
Eines Nachts schlich ein Prinz herbei, an dem schnarchenden Drachen vorbei, hinter den Turm. Er hatte eine Leiter mitgebracht, die stellte er unters Fenster der Prinzessin, denn er wollte ganz bequem bei Prinzessin Lametta einsteigen. Aber weil er zu faul gewesen war, eine schwere lange Leiter zu schleppen, hatte er die kürzeste Leiter, die es gab, mitgenommen. Nun merkte er, dass man mit einer kurzen Leiter nicht hoch hinauf kommt. Er hatte geglaubt, für Prinzen gäbs da eine Ausnahme!
Mit großer Anstrengung erreichte er mit seinen Fingerspitzen gerade noch das Fenster der Prinzessin. Er kratzte und klopfte am Fenster, bis

Kommt ein Prinz mit einer kurzen Leiter hoch hinauf?

die Prinzessin aufwachte und das Fenster öffnete. Da entdeckte sie den Prinzen unter sich.

„Na endlich“, sagte der Prinz. „Ich bin Prinz Faulian von Zudoff.“

„Was willst du?“, sprach die Prinzessin.

„Ich will dich heiraten.“

„Da kommst du nachts mit einer Leiter?“

„Leider ist meine Leiter zu kurz – ich wollte dich im Bett überraschen. Außerdem muss ich noch deinen Drachen erschlagen, nachts, wenn er dabei schläft, ist es doch viel bequemer für mich.“

„Was fällt dir ein meinen Drachen zu erschlagen?“, rief die Prinzessin.

„Das ist so Vorschrift“, flüsterte der Prinz, „das bringt mir Ruhm und Ehre.“

„Und was bringt das mir?“

„Du darfst verheiratet sein und in meinem Schloss wohnen und meine Krone putzen und meine goldenen Legosteine aufräumen und allen erzählen, wie viel Ruhm und Ehre ich habe.“

„Das ist mir zu langweilig“, sagte die Prinzessin, „und ich will mich nie von meinem Drachen trennen.“

„Eine verheiratete Prinzessin hat keinen Drachen, sie muss sich um den Prinzen kümmern. Für deinen nutzlosen,

verfressenen Drachen ist kein Platz in meinem Schloss."
„Dann ist dein Schloss zu mickrig für uns. Und wenn ich will, bau ich mir selbst ein Schloss!", rief die Prinzessin.
„Das kannst du nicht", flüsterte der Prinz.
„Das kann ich doch!", schrie die Prinzessin.
„Schrei nicht", flüsterte der Prinz, „du weckst sonst den Drachen."
„Hör mal!", schrie die Prinzessin – und knallte das Fenster zu: „Päng! Klirr!" Natürlich erwachte davon der Drache. Der Prinz rannte die Leiter runter, rannte mit seiner Leiter davon, er hatte fürchterliche Angst vor dem Drachen.
„Der traut sich nicht mehr her", lachte die Prinzessin.

Aber Prinz Faulian von Zudoff wollte unbedingt eine Prinzessin für sein Schloss, damit er es bequemer hätte. Er wollte auch unbedingt einen Drachen erschlagen, für seinen Ruhm und seine Ehre. Wütend ging er zu einer altbekannten Fachhexe für Mädchenverhexung! Sie hieß Stupida Strickelstickel – ein Name, den man sich nicht merken muss, denn sie ist inzwischen von der Bildfläche verschwunden –, doch der Reihe nach ...
Der Prinz gab Stupida Strickelstickel diesen Auftrag: „Ich will, dass du Prinzessin Lametta verzauberst. Die soll froh sein, dass ich sie überhaupt will."

Die Hexe wusste aus alter Erfahrung, was zu tun war. Sie sprach: „Lass dich drei Nächte nicht bei ihr blicken, in der vierten Nacht wird sie alles tun, was du willst. Den Rest erledige ich."

Wie schon ihre Ur-Ur-Urgroßmutter hexte diese Hexe mit einem Kraut, welches Ichkannnix heißt. Es riecht lieblich wie tollstes Parfüm, es schmeckt nach Glück wie Zuckerwatte, aber wer davon isst, fühlt sich schwach und mutlos. Die Hexe ließ das Kraut drei Tage in einer Suppe kochen, denn je länger man Ichkannnix anwendet, desto stärker wirkt es. Dann packte sie ihren Suppentopf ein und begab sich zu Prinzessin Lametta. Die saß mit ihrem Drachen vor ihrem Turm und las ihm eine Geschichte vor.

Die Hexe hatte keine Angst vor Drachen, Hexen kennen sich mit Drachen aus. „Killekille, Schnuffiputzi", begrüßte sie den Drachen und kraulte ihm das Maul, während sie zur Prinzessin sprach: „Schönen Tag, schöne Prinzessin, ich habe da eine wahrhaft zauberhafte Suppe, die Sie noch nicht kennen, das wird gewiss Ihre Lieblingssuppe."

„Wer sind Sie denn?", fragte Prinzessin Lametta.

„Mein Name tut nix zur Sache", sagte die Hexe, „ich bin eine einfache Frau aus dem Volk."

„Und Sie bringen mir aus reiner Freundlichkeit Ihre Suppe?"

„Ich wollte Ihnen mein Erfolgsrezept vorstellen“, sagte die Hexe. „Damit werden auch Sie so glücklich wie viele Prinzessinnen aus alten Zeiten.“ Sie öffnete den Topf, es duftete verführerisch. „Wer davon probiert hat, will mehr davon!“

Prinzessin Lametta aber hatte viele Bücher gelesen und wusste, dass man nicht einfach glauben darf, was einfache Frauen aus dem Volk erzählen, denn manche sind verkleidete Hexen. Doch sie sagte nur: „Da will ich mir gleich einen Teller Ihrer Suppe warm machen.“

In der Küche dachte die Prinzessin: Ich will erst wissen, was es mit dieser Suppe auf sich hat. Und weil sie vorher Buchstabensuppe gekocht hatte, kippte sie etwas von ihrer Buchstabensuppe in die Hexensuppe. Und siehe da, was sah die Prinzessin? Die Buchstaben legten sich im Teller zu Worten zusammen, es waren immer die gleichen Worte: Ich kann nix ... Ich kann nix ... Ich kann nix ...

„Diese blöde Suppe ess ich nicht!“, dachte Prinzessin Lametta. Sie nahm zwei Teller, füllte einen mit Hexensuppe, einen mit Buchstabensuppe – und fischte mit einem Sieb alle Buchstaben heraus und kippte sie in die Hexensuppe. Sie trug die Teller hinaus und sagte zur Hexe: „Ich hatte zum Mittagessen Buchstabensuppe gekocht, auch lecker, probieren Sie mal.“

Die Hexe sah die Buchstaben, die mochte sie eigentlich nicht, sagte aber höflich: „Sieht ja sehr interessant aus.“ Natürlich las sie die Buchstaben nicht, dazu hatte Stupida Strickelstickel keine Lust. Als sie ihre eigene Suppe ausgelöffelt hatte, war sie schwach und mutlos. Sie sagte: „Gnädigste Prinzessin Lametta, entschuldigen Sie untertänigst die Störung, falls ich irgendetwas wollte, kanns nichts Wichtiges gewesen sein. Entschuldigung, ich geh ja schon.“

Und sie ging in ihr Hexenhaus zurück und murmelte immer vor sich hin: „Ich kann nix, ich kann nix, ich kann nix.“

Man hat nie wieder was von ihr gehört.

Stupida Strickelstickel,
Fachhexe für Mädchenverhexung.
– Wenn sie immer noch nix kann,
sitzt sie immer noch dumm rum!

In der Nacht kam Prinz Faulian von Zudoff zurück, umschlich den schnarchenden Drachen, stieg hinterm Turm auf seiner kleinen Leiter so hoch er konnte, klopfte mit den Fingerspitzen ans Fenster der Prinzessin.

Die staunte, als sie den Prinzen unter sich sah: „Ich dachte, ich seh dich nie wieder!"

Der Prinz flüsterte: „Ich bin wiedergekommen, weil du jetzt weißt, dass du nix kannst. Und jetzt machst du, was ich will. Geh sofort runter und erschlage deinen Drachen selbst. So ist es für mich am bequemsten."

Nun wusste Prinzessin Lametta, wer die Hexe mit der Suppe Ichkannnix geschickt hatte! Trotzdem tat sie, als wäre alles so, wie es sich der Prinz wünschte: „Selbstverständlich, mein Held und Retter, damit du nun glaubst, dass ich endlich dumm geworden bin, werde ich sofort meinen Drachen erschlagen, und dann gehe ich selbstverständlich mit dir und erzähle fortan, was du für ein toller Prinz bist."

Der Prinz war hochzufrieden. „Beeil dich, ich warte hier", flüsterte er, „wenn dein Drache tot ist, kann ich es mir endlich in deinem Bett bequem machen."

Die Prinzessin ging in ihre Küche. Sie holte ein riesiges Messer. Und eine riesige Flasche Ketschup. Dann öffnete sie das Tor. „Wach auf", flüsterte sie dem Drachen ins Ohr, „wir tun jetzt so, als würden wir miteinander kämpfen.

Was sieht aus wie echtes
Drachenblut?

Damit es aussieht wie Blut, gieße ich Ketschup über dich.“ Der Drache, der Ketschup liebte, war damit sehr einverstanden. Er brüllte und stöhnte vor Vergnügen, als die Prinzessin den Ketschup über ihn goss, und leckte ihn ab, sodass sein Maul von Ketschup triefte.
Dem Prinzen hinter dem Turm wurde ganz bang von dem Gestöhn. „Hoffentlich passiert ihr nichts Schlimmes“, dachte er, aber er war zu feige um hinzugehen.

„Jetzt stell dich tot", flüsterte die Prinzessin ihrem Drachen zu. Der rollte sich auf den Rücken, hielt die Luft an, als hätte er seinen letzten Schnaufer getan, und streckte alle Beine von sich.
Prinzessin Lametta ging zum Prinzen hinter dem Turm. „Jetzt kannst du vorkommen, mein Held und Retter", sagte sie sanft und zeigte ihm das ketschuptriefende Messer.
Natürlich dachte der Prinz, es sei Drachenblut! „War doch ganz einfach und so bequem für mich!", rief er begeistert. Als er den Drachen in all dem Ketschup liegen sah, riss er der Prinzessin das Messer aus der Hand, schrie: „Jetzt schlage ich ihm den Kopf ab, den häng ich in meinem Schloss auf, damit jeder sieht, was ich für Heldentaten vollbracht habe." Er hob das Messer über den Drachenkopf und schrie: „Seht, hier steht der Drachentöter!"
Die Prinzessin schrie: „War ein Prinz je blöder?"
Da biss der Drache dem Prinzen in die Hose. Der kreischte: „Der ist überhaupt nicht tot", rannte hinter den Turm, die Leiter hinauf, der Drache hinterher.
Nun saß der Prinz zitternd auf der Leiter, vor der Leiter saß der Drache mit ketschuptriefendem Maul. „Hilf mir", kreischte der Prinz.
„Ich kann nix", lachte die Prinzessin und ging ins Bett.

„Hilf mir doch“, kreischte der Prinz unter ihrem Fenster.
Die Prinzessin rief hinaus: „Ich kann nix. Du hast das so gewollt!“
So hockte der Prinz, der es immer bequem haben wollte, die ganze Nacht sehr unbequem auf seiner Leiter. Und der Drache starrte ihn an.
Am Morgen rief die Prinzessin ihrem Drachen zu: „Lass ihn gehen. Nun hat er kapiert, dass ich keinen Prinzen heirate, der meinen Drachen erschlagen will.“
Der Drache hatte sich sehr auf den Prinzen gefreut und hätte ihn so gern gefrühstückt, aber weil es die Prinzessin befahl, ließ er ihn wegrennen, fauchte ihm viel hinterher und zertrampelte seine kleine Leiter zu Kleinholz.
Der Prinz erzählte zu Hause allen Zudoffs, Prinzessin Lametta hätte den stärksten Drachen der Welt, der jeden Prinzen, der sich in ihre Nähe wagt, mit seinem großen Maul zerfetzt. Und es lohne sich überhaupt nicht, sich wegen dieser Prinzessin in Gefahr zu begeben, denn die könne gar nix.
Prinzessin Lametta aber lebte weiterhin glücklich mit ihrem Drachen.

„Und damit ist dieses Märchen zu Ende“, sagte Melitta und sah alle an, die um sie herum saßen. Alle Mädchen

guckten stolz. Und die Jungs? Die guckten, als würden sie nie einem Drachen was zuleide tun.
„Wie gehts weiter?" Jonas strahlte erwartungsvoll.
Nachdem dieser Prinz für alle Zeit verschwunden war, sagte Prinzessin Lametta: „Worauf warten wir noch? Jetzt bauen wir ein Schloss."
Melitta machte eine kleine Pause, ehe sie sagte: „Aber vorher geschah folgendes – die Hexe, die die Prinzessin dumm hexen wollte, hatte einen Zwerg, der hieß Jonas! Und als die Hexe durch die List von Prinzessin Lametta selbst verhext wurde und nur noch sagte: „Ich kann nix, ich kann nix", da dachte der Zwerg Jonas: „Hier ist es mir zu langweilig", und ging.

Zwerg Jonas unterwegs.
Wer weiterliest, weiß wohin

Nun beginnt das zweite Märchen:

Wie Prinzessin Lametta ihr Schloss baute

Es war einmal ein Zwerg, der hieß Jonas, er hatte bei einer Hexe toll kochen gelernt. Doch eines Tages wurde ihm die Hexe zu dumm, er ging geradewegs zum Turm von Prinzessin Lametta und fragte: „Edle Prinzessin, brauchen Sie einen Koch, der köstlich kochen kann?"

„Ja, das wäre praktisch", sagte die Prinzessin, „können Sie auch Drachenfutter kochen?"

„Kein Problem", sagte Zwerg Jonas.

„Dann dürfen Sie in meine Dienste treten", rief die Prinzessin. „Übrigens, wir können uns duzen."

Nun erzählte die Prinzessin von ihrem großen Plan: „Ich möchte ein Schloss bauen, ich habe es schon aufgemalt", und sie zeigte Zwerg Jonas ein wunderschönes Bild von einem wunderschönen Schloss. Sie fuhr fort: „Deshalb wäre es praktisch, wenn ich mehrere Drachen habe, die beim Schlossbau helfen. Geh für mich auf Drachensuche. Du siehst ja sehr mutig aus."

„Ich habe keine Angst vor Drachen", sagte Zwerg Jonas, er hatte bei der Hexe einige Drachen kennen gelernt, die ab und zu auf Besuch kamen. „Doch sind Drachen manchmal schlecht gelaunt, was mache ich, wenn sie mich anfauchen, sie hätten keine Lust mitzugehen?"

Prinzessin Lametta lächelte: „Es ist ganz einfach – wenn man einen Drachen haben will, muss man haben, was Drachen haben wollen. Was ist für Drachen das Wichtigste?“
„Futter!“, rief Zwerg Jonas, „das ist es.“
Er kochte leckerstes Drachenfutter aller Art, packte es in die Schubkarre, die jeder Zwerg besitzt, und los gings.
„Denk daran“, rief ihm die Prinzessin hinterher, „keine schlechten Drachen, die nur futtern und sonst nichts tun wollen, es müssen nützliche Drachen sein!“

Es dauerte nicht sehr lange, da kam Zwerg Jonas zu einem grauen Gebirge und entdeckte dort ein großes kreisrundes Loch. Genauso, wie man sich den Eingang einer Drachenhöhle vorstellt. Zwerg Jonas holte Drachenfutter aus der Schubkarre, wärmte es auf einem Feuerchen, stellte die Schüssel vor die Höhle und schnell schwebte der leckere Geruch des Drachenfutters in die Höhle und dort einem Drachen direkt in die Nase!
Er kam sofort raus, er war grau wie das Gebirge, alles an ihm war spitz, vor allem sein Kopf. Wenn ein Drache leckeres Futter sieht, dann fragt er nicht, warum da plötzlich eine Schüssel steht und für wen das Futter sein könnte – er frisst es. Nachdem er die Schüssel sorgfältig leer geleckt hatte, rülpste er glücklich.

Warum ist alles an ihm so spitz? Und was sind das für Löcher?

„Guten Tag, schön, dich kennen zu lernen“, sagte Zwerg Jonas nun. „Freut mich, dass dir mein Futter geschmeckt hat.“

„Hmmm“, brummte der Drache huldvoll.

„Ich bin hergekommen, um dich zu fragen, ob du Lust hast mitzugehen zu meiner Prinzessin, da gibt es jeden Tag so gutes Futter.“

Nun wurde der Drache aber misstrauisch: „Als Drache halte ich nichts davon, bei einer Prinzessin zu wohnen, da kommt irgendwann ein Prinz und erschlägt einen, todsicher.“

„Bei uns nicht“, rief Zwerg Jonas. „Wir haben bereits einen Drachen, ihr werdet euch gegenseitig beschützen, wenn ein Prinz auftaucht. Das ist doch viel sicherer, als hier allein zu leben.“

„Die Sache hat bestimmt einen Haken“, brummte der Drache und sah traurig in die leere Futterschüssel.

„Meine Prinzessin will das schönste Schloss bauen, und da sollst du helfen.“ Und Zwerg Jonas zeigte dem Drachen den Bauplan: „Hier das Schloss, hier ein Drachenfelsen, das hier wird das Drachenbad, hier der Burggraben, da kannst du nach Lust und Laune rumschwimmen, hinter dem Schloss die Drachenwiese, und falls du zusätzlich eine Drachenhöhle willst, da lässt sich drüber reden.“

„Hm“, brummte der Drache.

Jetzt hab ich ihm genug geboten, dachte Zwerg Jonas, jetzt wird es Zeit, dass ich den Spieß umdrehe. „Ich kann dich allerdings nur unter einer Bedingung mitnehmen“, sagte er und packte dabei die Futterschüssel in die Schubkarre, „ich darf nur nützliche Drachen mitbringen. Was könntest du beim Schlossbau machen?“

„Löcher!“, schnaubte der Drache.

„Löcher?“

„Löcher“, wiederholte der Drache und plötzlich wurde er gesprächig. „Ich mache hervorragende Löcher. Ich kann die Löcher machen, in die die Türme gebaut werden, Gucklöcher als Fenster, die Schlüssellöcher, Löcher für die Klos, das Loch für den Brunnen, kleine Löcher für die Wasserrohre, winzige Löcher für die Brausen, das Schwimmbad könnte man auch rund machen ... Löcher werden immer gebraucht."

„Stimmt!", rief Zwerg Jonas total überzeugt.

„Nur hier", plötzlich seufzte der Drache, „sind sie so sinnlos." Weil Zwerg Jonas ihn verständnislos anstarrte, zeigte er mit seinem spitzen Kopf nach oben.

Jonas hatte auf dem Weg durchs Gebirge nur nach unten gesehen, denn sucht man eine Drachenhöhle, sucht man unten. Nun sah er hinauf: Über der Drachenhöhle war das Gebirge total zerlöchert.

„Die sind alle von mir", sagte der Drache nicht ohne Stolz. „Ich kann meinen Kopf rundum drehen, ihn überall reinbohren. Alles an mir macht Löcher. Kleine Löcher mach ich mit meinen Krallen, winzige Löcher mit der Nasenspitze, ganz große mit allen Beinen gleichzeitig." Er seufzte wieder. „Ich bin aus Emmental, da liebt man Löcher! Ach, warum nur habe ich meine Heimat verlassen? Ich hab vergessen, warum. Aber was ich nie vergesse: Bei uns in Emmental, da war um jedes Loch, egal ob groß oder klein, um jedes Loch war außen rum Käse!" Angewidert blickte er auf

das Gebirge: „Das hier, das ist alles nicht essbar!“
Zwerg Jonas sagte mitfühlend: „Schlechte Wohngegend für dich, also komm mit.“
So geschah es. Der Emmentaler Drache ließ Zwerg Jonas samt Schubkarre aufsteigen und schnell verließen sie das Gebirge.
„Ich bin so froh, dass ich das hinter mir habe“, seufzte der Drache, „da gab es nur Mäuse zu fressen, ich wurde davon ganz grau.“

Einige Zeit ritten sie durch eine drachenlose Gegend. Dann sahen sie eine dicke Rauchsäule und merkwürdige Rauchwölkchen, die paarweise nebeneinander in den Himmel stiegen. So entdeckten sie den nächsten Drachen. Dieser war feuerrot, er sprühte Feuer, und wenn er schnaubte, dampften die doppelten Rauchwölkchen aus seinen Nasenlöchern. Die dicke Rauchsäule aber kam von seinem Mittagsfressen, das auf einem Grillspieß qualmte, was da verbrannte, war nicht mehr zu erkennen.
„Mahlzeit“, rief Zwerg Jonas, „was soll das werden?“
„Das übliche Grillzeug“, schnaubte der Drache, „Ratten mit Rüben – schmeckt alles gleich.“
„Dann probier mal das hier“, sagte Zwerg Jonas und holte aus seiner Schubkarre Sahnepudding.

Als der Drache den Pudding geschluckt hatte, blieb ihm das Maul offen stehen, er röchelte: „Wo gibts mehr davon?"
Zwerg Jonas erklärte ihm alles. „Wenn du mit uns kommst, kannst du jeden Tag Pudding haben."
Der feuerrote Drache röchelte, ohne zu überlegen: „Jahhh! Jaaaah!"
Der Emmentaler Drache rief: „Du darfst aber nur mitfressen – äh, mitkommen, wenn du was Nützliches machen kannst für seine Prinzessin, für ihr Schloss mit den vielen Löchern."
„Trotz deiner Löcher will es die Prinzessin warm haben", schnaubte der feuerrote Drache, „ich übernehme die Heizungsanlage. Da kommt in jeden Raum ein Kamin und das Wasser im Burggraben wird beheizt, wer springt schon gern ins kalte Wasser? Außerdem kann ich Dampf machen."
„Super", rief Zwerg Jonas, „komm mit."
Doch nun zögerte der Feuerdrache und betrachtete Jonas misstrauisch: „Bist du ein Zauberer? Dein Fressen ist nicht schwarz, sondern weiß!"
„Man kann Sahnepudding nicht grillen", erklärte Zwerg Jonas.
Der Emmentaler Drache sagte: „Wenn du nicht mitkommst, war das der letzte Sahnepudding deines Lebens."
Da hatte der Feuerdrache keine weiteren Fragen.

Was hat er da gegrillt – Rüben oder Ratten?

Wenn zwei Drachen durch die Gegend trampeln, dann hört man sie. Als sie an einen See kamen, erschienen auf dem Wasser Ringe, viele Ringe, mittendrin tauchte ein kleiner Drachenkopf auf. Er rief: „Was ist euer Lieblingsfressen?"

„Emmentaler Käse", jodelte der eine, „Sahnepudding", juchzte der andere.

„Bestimmt geht ihr irgendwohin zum Fressen", rief der kleine Drachenkopf, „darf ich mit? Ich bin allein, mir ist langweilig. In Gesellschaft frisst es sich viel netter."

Der Wasserdrache taucht auf

„Das muss unser Koch entscheiden“, sagte der Emmentaler Drache, „da kann ich leider überhaupt nichts dazu sagen ...“
„Leider“, sagte der Feuerdrache, „wenns nach mir ginge, aber ...“
Zwerg Jonas fand den kleinen Drachen nett. „So ein winziger Drachen, der frisst nicht viel“, sagte er und überlegte, dass der winzige Drache für die Prinzessin ein Buch tragen könnte oder nützlich wäre als Schoßdrächelchen. „Du kannst mitkommen“, rief er.
Da hob sich der Drachenkopf froh aus dem Wasser, und hob sich, und der Hals wurde länger, und noch länger und länger. Aus dem Wasser gestiegen war es ein großer Drache mit riesenlangem Hals, der ideale Drache, um hohe Türme zu bauen!
Der Wasserdrache schenkte jedem der Anwesenden einen sehr großen frisch gefangenen Fisch, da konnten ihn die Drachen gleich gut leiden.

Zwerg Jonas machte daraus Fischstäbchen, der Wasserdrache war begeistert: „Gebackener Fisch schmeckt ja viel besser als roher Fisch!“ Eilig fragte er: „Soll ich für den Weg zum Schloss etwas Proviant mitnehmen?“

„Etwas?“, brummte der Emmentaler Drache, „ich würde alles mitnehmen.“

Fröhlich packte der Wasserdrache alles Herumschwimmende ein. Jede Menge Fische, Algensalat, Seegurken und meterweise Seeschlangen.

„Zu Hause koche ich für euch ein märchenhaftes Begrüßungsmahl“, versprach Zwerg Jonas.

Unterwegs hatten sich die Drachen endlos viel zu erzählen. Und über was sprachen sie? – Natürlich übers Fressen! Der Wasserdrache schwärmte von Austern. Der Emmentaler Drache behauptete, Austern hätte er auch gegessen, damals in Emmental, ihm hätten sie aber nicht geschmeckt, obwohl sie sehr schöne Farben hatten, doch für seinen Geschmack viel zu blumig.

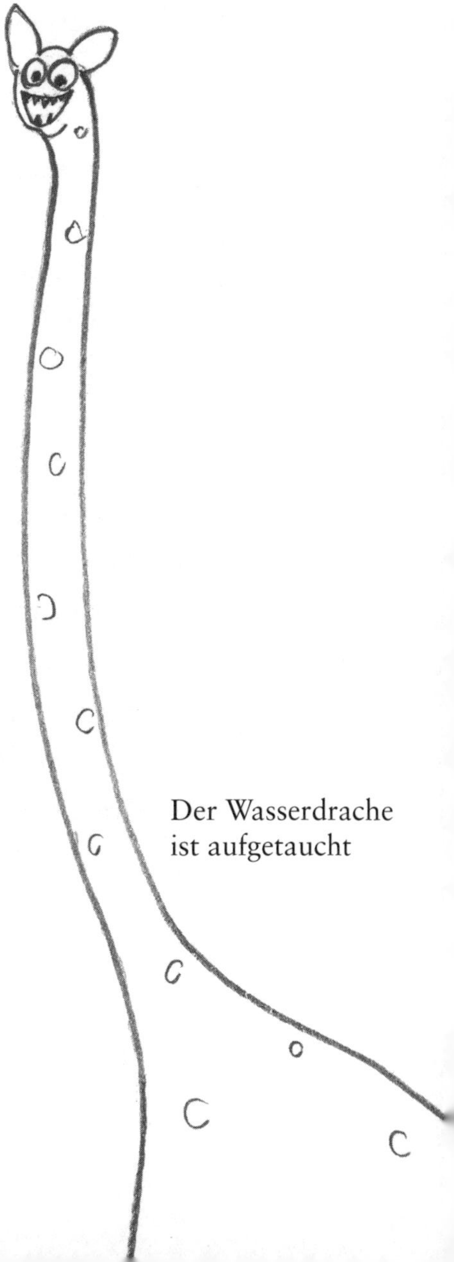

Der Wasserdrache ist aufgetaucht

Nach langer Diskussion stellte sich heraus, dass er Austern mit Astern verwechselte. Schließlich einigten sich der Wasserdrache und der Emmentaler Drache darauf, der Geschmack von Austern und Astern sei unvergleichbar.

Plötzlich hörten sie ein schreckliches Niesen: „Hatsch-Hatsch-Hatsch-Hatsch-Tschiiieee." Vier Mal kurz geniest, ein Mal lang: „Hatsch-Hatsch-Hatsch-Hatsch-Tschiiieee." Der Wasserdrache mit seinem langen Hals entdeckte, woher das Niesen kam: aus einem zerfallenen Schuppen, unten in einer Schlucht.

Und wen fanden sie darin? Einen blassgelben Drachen. Er hatte vier Köpfe – alle hatten Schnupfen. Ein Kopf nach dem anderen machte „Hatsch", dann alle zusammen „Tschiiieee!"

„Ich hab Schnuppen", jammerte der vierköpfige Drache. Weil alle seine Nasen verstopft waren, konnte er statt „Schnupfen" nur noch „Schnuppen" sagen.

„Du bist ganz feucht und ganz kalt", rief Zwerg Jonas.

Der Drache jammerte:

„In diesem morschen Drachenschuppen,
hier kriegt jeder Drache Schnuppen!
Ach, wie kalt sind meine Schuppen.
Oh, hätt ich nur 'ne heiße Suppen!"

Wenn man vier Köpfe hat und dann Schnupfen
– das gibt ein großes Niesen!

– Womit man wieder beim Drachenthema Nummer 1 war. Sofort kochte Zwerg Jonas eine sehr heiße Paprikasuppe. Der Feuerdrache nahm den feuchtkalten Drachen auf seinen Rücken und machte Dampf, damit er warm wurde. Die Drachentruppe trampelte so schnell wie möglich zum Turm von Prinzessin Lametta. Zwerg Jonas fragte nicht, was der blasse Drache helfen konnte, es war klar, sie mussten dem Drachen helfen.

Prinzessin Lametta hatte in der Zwischenzeit viel gearbeitet: Sie hatte den Grundriss vom Schloss auf den Boden gezeichnet, ihr Drache hatte vorher alles schön platt gemacht. Sie hatte Kreise gemalt, wo die großen Türme gebaut werden sollten, sie hatte die Burgmauer aufgezeichnet und natürlich die Brücke, die zum Schlosstor führen würde.

Wie groß war da ihre Freude, als Zwerg Jonas mit vier neuen Drachen kam! Auch ihr Drache war begeistert, er gab mächtig an, welche Leckereien er morgens, mittags und abends zum Fressen bekam.

Es gab ein märchenhaftes Begrüßungsmahl. Der blasse Drache schluckte eimerweise heiße Suppe und sah bald nicht mehr blass aus. Der Wasserdrache fand alles köstlich, was gebacken und gegrillt war. Er tauschte mit

dem Feuerdrachen einen Eisbecher und Seegurkensalat gegen Grillhähnchen. Dann tauschten sie Rollmöpse gegen Bratwürstchen.
„Noch etwas Käsefondue gefällig?“, fragte Prinzessin Lametta den Emmentaler Drachen.
„Ein bisschen geht noch rein“, japste er, er platzte bald vor Begeisterung und Käsefondue. „Morgen mach ich überall Löcher“, versprach der Drache, der sich nützlich machen wollte. „Und ich werde was völlig Neues ausprobieren: eckige Löcher! Dann klappt das auch mit den Türen!“
„Eckige Löcher! Eine tolle Idee“, lobte Prinzessin Lametta.
„Man muss alles ausprobieren“, schnaufte der Emmentaler Drache und probierte von der geschnetzelten Seeschlange.

Am nächsten Morgen, nach einem außergewöhnlichen Frühstück, machten sich die Drachen an die Arbeit. Alle schleppten Steine herbei, der Wasserdrache schichtete sie zu hohen Mauern auf.
Der Emmentaler Drache hatte bald den Trick raus und konnte nicht nur viereckige Löcher machen, auch fünfeckige Löcher, sechseckige Löcher, siebenundzwanzigeckige ... Ecken ohne Ende. „Der Fantasie sind keine Grenzen gesetzt“, sagte er jedes Mal, wenn wieder eine Ecke vom Schloss fertig war.

Wie man eckige Löcher macht:

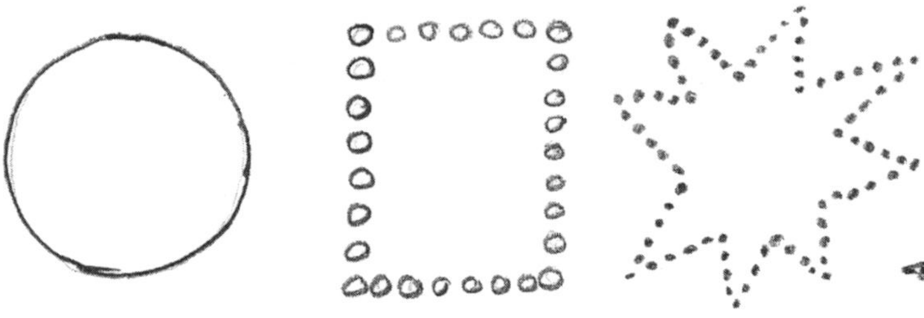

rundes Loch — eckiges Loch — sechzehneckiges Loch

Es dauerte nicht lange, und da stand das schönste Märchenschloss, das man je gesehen hatte. Das prachtvolle Gittertor vor dem Schloss hatte der Feuerdrache geschmiedet. Er wohnte nun im Heizungskeller neben der Sauna, der Wasserdrache im Burggraben, der Emmentaler Drache hauste im Drachenfelsen und der alte Drache war zum Haus- und Schlosshofdrachen ernannt worden.

Und der Drache, der Schnupfen hatte? Er war bald wieder gesund und seine blassgelben Schuppen waren durch das gute Fressen golden geworden. Dieser Drache lebte nun auf dem höchsten der acht Schlosstürme und seine Schuppen glänzten in der Sonne wie ein Ziegeldach aus purem Gold. Weil er mit seinen vier Köpfen in alle Richtungen gleichzeitig gucken konnte, war er der beste Wach- und Warndrache. Sobald jemand nahte, der aussah wie ein Prinz, der Drachen töten will, schrillte der Wach- und Warndrache „Bing-Bingeling-Bong-Boing" – vierstimmig!
Sofort trat Prinzessin Lametta hinaus auf die Zinnen und rief hinunter: „Pfoten weg von meinen Drachen!"
Dann schlichen die Prinzen hoffnungslos von dannen. Die Prinzessin weinte ihnen keine Träne nach und lebte froh und glücklich in ihrem Schloss.

„Und damit ist dieses Märchen glücklich zu Ende."
Melitta sah sich wieder um im Kreis ihrer Zuhörer, alle wollten, dass es weitergeht.
Also erzählte Melitta das dritte Märchen:

Wie die Prinzessin den Prinzen mit dem Ball überlistete

Als nun die Prinzessin dieses prächtige Schloss hatte, kamen Prinzen von überall, die wollten auch in so einem prächtigen Schloss wohnen. Viele Prinzen wollten die Prinzessin heiraten, damit sie einziehen durften. Sie riefen vor dem Tor, sie würden gern das Schloss besichtigen, sie würden sich gern mit der Prinzessin unterhalten, aber die stellte ein Schild auf:
Betreten prinzesslich verboten.
Vorsicht bissige Drachen!

Warnschild am Schlosstor:
drachenüberwachtes Gebiet

Eines Tages kam ein Prinz, der sagte sich: Ich brauche keine Einladung von der Prinzessin, ich komme auch so ins Schloss und dann bleibe ich drin. Der Erste, der es schafft, hineinzukommen, den muss sie heiraten. Ich muss nur ihr Schloss im Sturm erobern. Er nahm Anlauf, schrie:

„Hier kommt Lotharius Liberone,
so ein Schloss finde ich nicht ohne,
und viel besser als wo ich drin wohne!"

– weiter reichte seine Reimkunst nicht, aber er konnte sehr weit springen, und wutsch! war er überm Burggraben. Als der Wach- und Warndrache „Bing-Bingeling-Bong-Boing" schrillte, war er sogar schon über die Schlossmauer, denn er konnte auch hoch springen. Da kam der Haus- und Schlosshofdrache angerannt. Doch der Prinz war schneller, er rannte zum Turm der Prinzessin, hinein, verriegelte das Tor hinter sich.

Die Prinzessin trat hinaus auf die Zinnen. Was war da los? Prinzenalarm?

Unten im Burghof rief Zwerg Jonas: „Ein Prinz ist über den Graben und über die Mauer gesprungen! Er kann so weit und so hoch springen und so schnell rennen."

„Er war nicht zu schnappen", rief der Haus- und Schlosshofdrache, „er kommt zu dir hoch, er hat dein Tor von innen verriegelt!"

„Wenn er glaubt, mit Springen, Hüpfen und Rennen könnte er eine Prinzessin gewinnen, dann weiß ich, was für eine Art Prinz das ist“, sagte die Prinzessin. Sie holte aus dem Schrank, in dem ihre Sportsachen waren, einen Ball. Es war ein Fußball, aber weil er einer Prinzessin gehörte, war er selbstverständlich golden und silbern.

Der Prinz keuchte die Treppe hoch, er kam näher und näher, als er die letzte Biegung erreicht hatte, kickte die Prinzessin den Ball die Treppe hinunter. Was tat der Prinz?

Natürlich rannte er dem Ball hinterher. Wenn er einen Ball sah, musste er hinterherrennen. Es gelang ihm, den Ball einzuholen, und er kickte ihn die Treppe wieder nach oben.

Als er fast wieder oben war, was tat die Prinzessin? Sie kickte einen zweiten Ball die Treppe hinunter.

Nun lief der Prinz dem zweiten Ball hinterher, da hüpfte der erste natürlich wieder hinunter. Als er den wieder hoch kickte, hüpfte der andere weiter nach unten. Der Prinz kickte und rannte rauf und immer weiter runter. Es dauerte nicht lange, da lag er ganz unten, ganz schlapp.

Als die Prinzessin den Prinz nur noch japsen hörte, schritt sie hinab, kickte nach dem Prinzen und sprach: „Verschwinde!“

„Ich kann nicht mehr“, japste der Prinz.

„Was soll ich mit einem Prinzen, der nicht mehr kann?!“, lachte die Prinzessin. „Um eine Prinzessin zu heiraten, musst du mehr können!“ Sie öffnete den Riegel des Tors, herein stürzte der Haus- und Schlosshofdrache und schleifte den schlappen Prinzen hinaus. Draußen packte ihn der Emmentaler Drache – da hatte der Prinz sogar Glück, der Feuerdrache hätte ihn gegrillt, aber der Emmentaler Drache fand den Prinzen zu zäh, deshalb warf er ihn über die Mauer in den Schlossgraben.

„Hilfe“, schrie der Prinz, und er schrie noch lauter, als der Wasserdrache seinen langen Hals zu ihm hinunterbeugte, als vor seinen Augen die spitzen Zähne glänzten ...

... Aber Prinz Lotharius Liberone hatte noch mal Glück. Denn beim Burggraben lebte eine Rettungsschwimmerin in einer Strandhütte, sie kam sofort und rettete den Prinzen.

ie Rettungsschwimmerin
ettete jeden, der noch
u retten war

Danach hat er sich nie wieder getraut ohne Einladung irgendwo aufzutauchen. Und die Rettungsschwimmerin ...
... also ..."

Melitta zögerte, so viele neue Ideen waren ihr, seit sie las, durch den Kopf gegangen, irgendwie interessierte sie sich nicht mehr für das Leben der Rettungsschwimmerinnen, doch weil Pamela so freundlich lächelte, sagte sie: „Also, die Rettungsschwimmerin lebte glücklich in ihrer Strandhütte und rettete jeden, der noch zu retten war.

Und Prinzessin Lametta lebte glücklich in ihrem Schloss und freute sich, dass sie den dummen Prinzen, der jedem Ball hinterherrannte, los war."

Alle sahen Melitta gespannt an.

„Und was geschah dann?"

„Das erzähle ich im vierten Märchen."

Die Prinzessin und der goldgierige Prinz

Wenn eine Prinzessin reich ist und ein Schloss hat, bekommt der Prinz, den sie heiratet, die Hälfte von allem – das ist im Märchen so üblich.

Als wäre das nicht genug, wollen manche Prinzen sogar noch mehr. Eines Tages kam einer, der hatte einen bösen Plan, wie er nach der Hochzeit auch die andere Hälfte des Schlosses bekommen könnte, und dann wollte er die Prinzessin wegjagen ... aber eins nach dem anderen.
Weil auch dieser Prinz gehört hatte, dass die Prinzessin ihre Tage nicht damit verbrachte, auf einen Prinzen zu warten, sondern lieber las, verkleidete er sich als Buchhändler und begab sich so zum Schlosstor.
„Gute Bücher!“, rief er. „Gute Bücher! Wer will gute Bücher lesen?“ Er hielt einen Koffer hoch, darauf klebte ein großes Schild „Gute Bücher“.
Sofort kam Zwerg Jonas. „Ich will viele Bücher kaufen“, rief er, „ich kann bald richtig lesen“. Er öffnete das Schlosstor. „Bitte treten Sie ein.“

Ein falscher Buchhändler. Wie sieht ein echter Buchhändler aus?

Drinnen öffnete der falsche Buchhändler seinen Koffer, und was holte er raus? Ein Buch? Oh nein. Ein Schwert! Er hielt es Zwerg Jonas an den Hals: „Los, Kleiner, jetzt führ mich zu deiner Prinzessin."
Zwerg Jonas schrie: „Drachen! Wachen!"
Aus allen Richtungen flitzten die Drachen herbei. Wie ein goldener Blitz raste der Wach- und Warndrache von seinem Turm. Er hatte keinen Warnschrei ausgestoßen, weil er „Gute Bücher" gehört hatte, – wen hätte er davor warnen sollen?
„Immer mit der Ruhe, ihr Drachen", sagte der falsche Buchhändler, „greift ihr mich an, murks ich euren Koch ab. Kapiert?"
Die Drachen waren entsetzt. Das wollten sie auf keinen Fall!
„Na also", sagte der falsche Buchhändler, „ihr haltet schön die Mäuler und euer Koch bringt mich zur Prinzessin."
„Ich grill ihn, wenn er ihm was tut", grollte der Feuerdrache.
So musste Zwerg Jonas den falschen Buchhändler hinauf ins Gemach der Prinzessin führen.
„Lassen Sie meinen Zwerg los!", rief Prinzessin Lametta. „Was fällt Ihnen ein, Buchhändler!"
„Immer mit der Ruhe, Prinzesschen, ich bin gar kein Buchhändler, damit habe ich nichts am Hut, ich bin Prinz.

Mein äußerst erlauchter Name ist Roy Raffaelo Royzfrych. Wer mich kennt, nennt mich Raffy."

„Raffy Royzfrych, du siehst nicht aus wie ein Prinz und du benimmst dich nicht so!", rief die Prinzessin wütend.

„Da ja bekannt ist, dass du leider äußerst prinzenfeindlich bist, musste ich mich verkleiden, um mit dir – ich duz dich einfach – reden zu können."

„Was willst du?", schrie Prinzessin Lametta.

„Ich will dich heiraten", sprach der Prinz.

„Deshalb bedrohst du meinen Zwerg?!"

„Logisch. Ich lass ihn sofort frei, wenn du versprichst, dass du mich heiratest." Er lachte gemein. „Dann ist dein Zwerg sogar Trauzeuge. Hähähä."

„Das ist Erpressung", schrie die Prinzessin.

„Eine so hübsche Prinzessin sollte kein so hässliches Wort benutzen. Du musst positiv denken. Du musst denken, dass ich gekommen bin, um deine Probleme zu lösen."

„Was hab ich denn für Probleme?", schrie die Prinzessin.

„Deine Probleme sieht doch jeder: dein riesiges Schloss hier und dein goldener Drache, der ist doch aus echtem Gold, oder? – Und wer Geld hat, hat bekanntlich viele Probleme."

„Ausgerechnet du willst sie lösen?"

„Logisch. Du heiratest mich, ich bekomme die Hälfte von

allem, logisch hast du nur noch halb so viele Probleme."
„Aber dann hast du Probleme."
„Das lass mal mein Problem sein." Weil die Prinzessin ihn ansah, als wäre er verrückt, fügte er hinzu: „Und du bekommst deinen Zwerg zurück. Lebend. Sonst hast du noch ein Problem."
Zwerg Jonas hatte entsetzliche Angst. Er musste ganz dringend niesen, dann würde das Schwert seinen Hals durchschneiden.
Die Prinzessin sah, wie verzweifelt ihr Zwerg war, es brach ihr fast das Herz, sie versuchte es beim Prinzen auf die vernünftige Tour: „Also, angenommen, ich muss heiraten, um meine Probleme zu lösen, warum dann ausgerechnet dich?"
„Jede wäre unvorstellbar glücklich, wenn ich sie heirate", rief Prinz Raffy.
„Warum?"
„Warum? Warum? Wer so fragt, ist dumm!", rief der Prinz. „Du kannst dir nicht vorstellen, wie viele Prinzessinnen und Mädchen und Frauen mich schon heiraten wollten! Das kannst du dir nicht vorstellen, dazu ist dein Kopf zu klein."
Da nieste Zwerg Jonas. Millimeterknapp zuckte sein Kopf am Schwert vorbei!

Der Prinzessin blieb fast das Herz stehen. Als sie sich beruhigt hatte, fragte sie tapfer: „Wenn du die Hälfte meines Schlosses bekommst, was bekomme ich dafür?"
Der Prinz tat, als wäre das eine überflüssige Frage: „Das Wichtigste ist doch, dass dich einer heiraten will. Du bekommst alles dafür, was Frauen eben so bekommen, wenn sie heiraten. Dafür verwalte ich dein Geld und deine Hälfte vom Schloss, ich sorge dafür, dass du dein kleines Hirn nicht mit Geldfragen belasten musst. Und ich werde sogar bei der Hochzeit deinen Brautstrauß bezahlen. So ein Blumenstrauß kostet bekanntlich ein Vermögen."
Die Prinzessin hatte längst gemerkt, was das für ein Prinz war: Er war goldgierig. Wie alle Goldgierigen wollte er alles haben, ohne etwas zu geben. „Ich mach dir einen Vorschlag", sagte sie ganz ruhig, „ich schenk dir mein Schloss und den Golddrachen dazu, ohne dass du mich heiratest."
„Ist das möglich?", rief der Prinz erstaunt und wollte noch sagen ... „dass du so blöd bist?" –, doch er war so schlau das nicht zu sagen. Er rieb sich die Hände, wie es Leute tun, die andere reingelegt haben.
„Nur eine Bedingung", sprach die Prinzessin, „wenn ich dir innerhalb von drei Tagen sagen kann, wie viele dich schon heiraten wollten, gibst du mir meinen Zwerg zurück,

verschwindest auf der Stelle und bekommst nichts. Weiß ich es nicht, bekommst du mein ganzes Schloss und den ganzen Golddrachen, alles ohne Heirat."

„Die Wette gilt", der Prinz rieb sich wieder die Hände. „Aber du musst die genaue Zahl wissen, keine einzige weniger, auch keine mehr."

„Die ganz genaue Zahl."

Der Prinz packte den zitternden Zwerg. „In drei Tagen komm ich wieder."

„Nein", rief die Prinzessin, „komm morgen! Vielleicht weiß ich es schon morgen und mein Zwerg kann morgen wieder bei mir sein."

„Hä hä hä", lachte der Prinz. „Ich bin ja kein Unmensch, dann bis morgen Nacht, Punkt Mitternacht."

Die Drachen standen wimmernd im Hof, als er Zwerg Jonas mit seinem Schwert vor sich her stieß. „Wehe ihm, wenn ihr uns folgt", zischte der gemeine Prinz.

„Bis morgen, Zwerg Jonas", rief die Prinzessin tapfer.

Jonas auf der Bank schniefte sehr. Melitta fuhr fort:

Auch der goldene Drache heulte wie ein Springbrunnen, aus allen vier Köpfen! Hätte er gewusst, dass der goldgierige Raffy ihn erschlagen wollte, um seine goldenen Drachenschuppen zu verkaufen – hätte er das nur geahnt, er hätte sofort des Prinzen einzigen Kopf abgebissen.

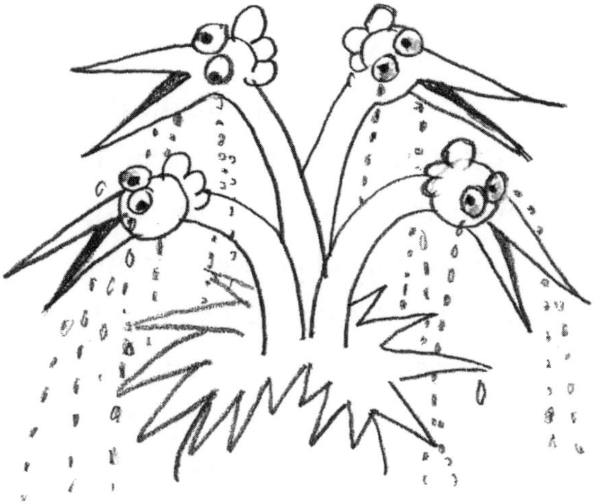

Der goldene Drache heulte wie ein Springbrunnen

„Sei tapfer, Zwerg Jonas", rief ihm die Prinzessin hinterher, „wenn ich die Wette verliere, ziehen wir in die Welt hinaus und fangen wieder von vorn an."
„Wir schleichen hinterher", heulten die Drachen.
„Nein, das ist zu gefährlich", sagte die Prinzessin. „Ich werde überall hingehen und jede Prinzessin, jede Frau, jedes Mädchen fragen, ob sie diesen Prinzen heiraten wollte."
„Was sollen wir morgen fressen?", riefen die Drachen.
„Ihr fresst auf der Drachenwiese, Rohkost ist gesund."
„Wenns für einen guten Zweck ist, fressen wir sogar das", murmelten die Drachen.

Am nächsten Morgen setzte Prinzessin Lametta ihre beste Krone auf und raste auf dem rasend schnellen Feuerdrachen

zum nächsten Schloss. Leider kannte die dortige Prinzessin den Prinzen Roy Raffaelo Royzfrych nicht. Die dortige Prinzessin fragte auch ihre Friseurin, die fragte die Köchin, die fragte das Küchenmädchen, keine kannte ihn.
Prinzessin Lametta ritt zum nächsten Schloss. Ebenfalls Fehlanzeige. Auch beim folgenden Schloss hatte man keine Ahnung, was das für ein Prinz sein könnte.
Prinzessin Lametta ritt weiter. Jedes Mal die Auskunft: „Dieser Prinz ist uns nicht bekannt." Überall erzählte Prinzessin Lametta, was geschehen war, niemand konnte ihr weiterhelfen, leider, leider.
So wurde es sehr spät, bis der Drache mit Volldampf zurückraste. Sie erreichten das Schloss kurz vor Mitternacht – niemand stand am Schlosstor.
Es war schon Viertel nach zwölf, als endlich Prinz Raffy auftauchte. Er war allein.
„Wo ist Zwerg Jonas?"
„Immer mit der Ruhe. Der sitzt gemütlich in meinem unvorstellbar prächtigen Schloss, er lässt schön grüßen, er hatte keine Lust mitzukommen, er unterhält sich mit den Mädchen, die bei mir wohnen. Die flitzen den ganzen Tag um ihn herum. Nachdem er die alle gesehen hat, sagte er, dass du nie rausfindest, wie viele mich schon heiraten wollten, hä hä. Da ich aber so großzügig war dir drei

Chancen zu geben, muss ich sowieso drei Mal kommen. Rate mal, wie viele wollten mich heiraten?"

„Vielleicht 99?"

„Hähähä, das war nix. Schöne Nacht noch, Prinzesschen."

Am nächsten Tag ritt die Prinzessin noch weiter weg, fragte sich durch von Prinzessin zu Prinzessin, fragte alle, die in jedem Schloss lebten, keine kannte diesen Prinzen.

Prinz Raffy kam in dieser Nacht noch später, es war fast eins. Und wieder hatte er Zwerg Jonas nicht dabei! „Auf gehts, Prinzesschen, mach dein Ratespielchen, ich hab nicht die ganze Nacht Zeit. Wie viele wollten mich heiraten?"

„Vielleicht 999?"

„Hähähähä. Falsch. Falsch. Falsch."

Verzweifelt rief die Prinzessin: „Wenn du morgen den Zwerg nicht mitbringst, zerfetzen dich meine Drachen zu Gulasch."

Der Prinz lachte gemein: „Dein Zwerg lässt schön grüßen, er liegt in einem unvorstellbar edlen Himmelbett und vergnügt sich mit den Mädchen. Morgen bring ich ihn selbstverständlich mit, denn morgen wird getauscht. Dein Zwerg gegen mein Schloss!"

„Es ist mein Schloss", sagte die Prinzessin, „du willst meinen Zwerg gegen mein Schloss tauschen."

„Sei froh, dass ich wenigstens dein Schloss nehme, eine

rechthaberische Prinzessin, wie du eine bist, will keiner heiraten." Grinsend zog der Prinz davon.
„Schade, dass man ihm nur einen Kopf abbeißen kann", fauchte der goldene Drache. Der Prinz hatte es nicht gehört, er verstand die Sprache der Drachen nicht.
„Wie kann es sein, dass niemand diesen Prinzen kennt?", fragte sich die Prinzessin verzweifelt. „Ich muss sein Geheimnis ergründen." Kummervoll schlief sie ein.

Am nächsten Morgen dachte sie: „Vielleicht liegt die Lösung viel näher?" Und sie ging zu Fuß in das Städtchen unterhalb ihres Schlosses. Sie hatte keinen Drachen dabei, keine Krone aufgesetzt und trug ihr schlichtestes Kleid, denn sie wollte unerkannt bleiben.
„Kennst du den Jüngling, der die Prinzessin vom Schloss da oben heiraten will?", fragte die Prinzessin die Erstbeste, die ihr begegnete.
„Den kennt doch jede", antwortete das Mädchen, „der erzählt überall, dass er so toll ist, dass sogar die Prinzessin ihn heiraten will."
„Was weißt du über ihn?", fragte die Prinzessin.
Das Mädchen erzählte, was sie über den Jüngling wusste und sagte: „Du kannst auch meine Freundin fragen."
Also fragte die Prinzessin auch die Freundin, die hatte

wieder eine Freundin, die den Jüngling kannte, und eine andere Freundin kannte ihn noch besser. Die schickte sie zu den Nachbarinnen des Jünglings, die hatten auch Nachbarinnen, die auch was wussten. Die Prinzessin fragte jede, bis sie alle gefragt hatte.

Als sie ins Schloss zurückkam, war es elf. Vor dem Schlosstor wartete schon der Prinz.

„Da bist du endlich, wurde Zeit", sagte er. „Ich bin früher gekommen, damit bis Mitternacht alles geregelt ist."

„Wo ist Zwerg Jonas?!"

Der Prinz zeigte auf seinen Koffer, auf dem „Gute Bücher" stand. „Hähähä, er liebt doch Bücher!"

„Lass ihn sofort raus!"

„Immer mit der Ruhe", sagte der Prinz, „erst hinauf in dein Gemach." Er zeigte auf die wartenden Drachen: „Sonst könnten die den Zwerg vorher klauen, ist ja nicht jeder so ehrlich wie ich, hähähä."

Als sie den Schlosshof betraten und die Drachen keinen Zwerg Jonas sahen, wollten sie den Prinzen zerreißen ...

„Bleibt ruhig, Drachen!", rief die Prinzessin.

„Macht euch zum Abmarsch fertig", rief der Prinz, „Punkt zwölf gehört das Schloss mir! Nur der Golddrache bleibt hier. Den möchte ich nachher um ... äh ... hähähä ... um ein Gespräch bitten."

„Wo sollen wir mitten in der Nacht hin?“, riefen die Drachen. Der Prinz tat, als hätte er nichts gehört.
„Kein Wort red ich mit dem“, fauchte der Golddrache. „Dieser Prinz versteht uns doch gar nicht!“

Im Gemach der Prinzessin öffnete der Prinz endlich den Koffer und heraus fiel Zwerg Jonas! „Hier, da fällt er direkt aus seinem Himmelbett, hähähä.“
Die Prinzessin war so froh! Zwerg Jonas war gesund.
„Du hältst die Klappe, bis das Geschäft erledigt ist“, schrie der Prinz den Zwerg an. „Könnte ja sein“, er rieb sich tückisch grinsend die Hände, „dass er dir über die Mädchen, die er bei mir kennen gelernt hat, erzählen will, hähähä. Ab in die Ecke, Zwerg!“
Dann guckte Prinz Raffy sehr ernst: „Natürlich habe ich einen Vertrag mitgebracht, in dem unser Tausch besiegelt wird.“ Er setzte sich an den goldenen Tisch der Prinzessin, warf ihre Bücher vom Tisch, legte seinen Vertrag drauf: „Ein guter Vertrag ist besser als tausend gute Bücher, hähähä.“ Er nahm den goldenen Füller der Prinzessin, als wäre es seiner, zeigte auf den Vertrag: „Hier darfst du dann unterschreiben. – Aber zuerst, Prinzesschen: Wie viele Prinzessinnen und Frauen und Mädchen wollten mich heiraten?“

Zwerg Jonas zählte,
so viel er konnte

Er konnte Zwerg Jonas in der Ecke nicht sehen. Der mutige Zwerg hob zehn Finger in die Höhe, noch mal zehn und noch mal zehn, dann noch mal fünf, dann drei oder acht Finger, er fuchtelte so aufgeregt, dass die Prinzessin nicht mitkam. Er hob noch mehr Finger, er zählte, so viel er konnte. Und zählte ...

Die Prinzessin konnte nicht mehr hinsehen. Sie blickte aus dem Turmfenster. Unten warteten die Drachen. „Könnte es sein“, sagte sie langsam und drehte sich plötzlich um, „dass dich überhaupt keine heiraten will?“

„Das ist nicht die exakte Zahl!“, schrie der Prinz.

„Die exakte Zahl ist Null!“, schrie die Prinzessin.

Da schrie der goldgierige Prinz:

„Halt den Mund, sei still!
Keine darf wissen, dass mich keine will.“

Die Prinzessin war gar nicht still, sie schrie:

„Jedes Mädchen spricht:
So einen will ich nicht!“

Da tat es einen Knall, als würden hundert Luftballons auf einmal zerplatzen. Den Prinzen hatte es vor Wut in hundert Fetzen zerrissen!

Prinzessin Lametta rief zu den wartenden Drachen hinunter: „Kommt rauf, jetzt könnt ihr ihn fressen."

Das war eine Freude! Kein Dichter könnte dieses Festmahl beschreiben.

Hinterher sagte der Emmentaler Drache: „Als Prinz konnte ich ihn nicht ausstehen, aber als Braten war er besser, als er aussah."

„Das ist das Geheimnis des Grillens", erklärte der Feuerdrache stolz.

„Er war überhaupt kein Prinz, das war sein Geheimnis", sagte die Prinzessin. „Er war nur ein Angeber, nur ein aufgeblasener Junge. Er hatte überhaupt kein Schloss, er lebte bei seiner Mutter in einer schäbigen Hütte."

„Mir hat er erzählt", rief Zwerg Jonas, „die Hütte ist ein verzaubertes Schloss und seine Mutter eine verzauberte Millionärin. Und die achtundfünfzig Mäuse, das waren verzauberte Mädchen, die ihn heiraten wollten!"

„Alles erlogen", sagte die Prinzessin, „der konnte kein einziges Mädchen verzaubern, das waren echte Mäuse."

„Achtundfünfzig Mäuse, iiih", rief der Emmentaler Drache, „das erinnert mich an damals ..."

Wieder mal war das Ende vom Prinzen
auch das Ende des Märchens

So kehrte das Glück in Prinzessin Lamettas Märchenschloss zurück. Und damit ist diese Geschichte zu Ende.

Alle klatschten.
Jonas überlegte, wie er einen eigenen Drachen finden könnte.
In Büchern?
Alle wollten noch mehr hören. Also erzählte Melitta das fünfte Märchen.

Der Prinz, der mit den Drachen reden konnte

Eines Tages hörte die Prinzessin unten im Schlosshof viel Unterhaltung. Sie sah hinaus und sah Seltsames: Ihre Drachen standen am Schlosstor und schienen sich mit jemand vor dem Tor gut zu unterhalten. Sogar der Warndrache war dabei und die Prinzessin hatte kein Warnsignal gehört. Wer war da?
Die Prinzessin schritt hinunter. Vor dem Tor stand ein Prinz.
„Schönen Tag, wunderschöne Prinzessin“, rief er, „du hast ja wunderschöne Drachen. Darf ich sie füttern?“
Die Drachen brummten huldvoll.
„Du willst meine Drachen füttern?“, sprach die Prinzessin ebenfalls huldvoll. „Weißt du überhaupt, was sie fressen?“

„Das weiß ich schon“, sagte der Prinz, „man muss sie mit Liebe füttern.“
„Ich merke“, sprach die Prinzessin huldvoll, „dass du Drachen verstehst. Du kannst mit ihnen reden. Nur echte Prinzen können Drachen verstehen!“
„Ich habe selbst Drachen“, sagte der Prinz.
„Auch Prinzen haben Drachen?“
Der Prinz klatschte in die Hände und da kamen sie aus dem Wald. Der Wasserdrache des Prinzen sah aus wie eine Gondel aus Venedig und konnte singen, dass jeder Drache mit dem Schwanz mitwedeln musste. Ein Drache war klein wie eine Katze, der konnte die Sprachen vieler Tiere sprechen. Einer war mal groß, mal klein, er konnte jede Lücke ausfüllen. Einer war rosa wie ein Flamingo, hatte Flügel und treublaue Augen. Der Wach- und Warndrache verliebte sich auf den ersten Blick in den rosa Drachen und die beiden bauten sofort oben auf dem Turm ein Drachennest.
„Woher hast du die Drachen?“, fragte die Prinzessin.
„Zwei sind bei mir von Geburt an, die anderen sind mir zugelaufen. Sie haben es gut bei mir, und ich habe es auch gut, weil ich sie habe.“
Da ließ die Prinzessin alle in ihr Schloss. Die Prinzessin freute sich sehr, dass auch der Prinz viele Bücher gelesen hatte, da hatten sie sich viel Interessantes zu erzählen.

Auch die Drachen langweilten sich nie – eher hätten sie andere gelangweilt mit ihren Fachgesprächen. Dieses ewige: „Ich erinnere mich genau, wie ich zum ersten Mal Salat gegrillt habe." Oder: „Ich wäre mal fast an einer riesigen Seeschlange erstickt." Oder: „Wenn man Schnupfen hat, schmeckt alles gleich." Immer wieder erzählte der Haus- und Schlosshofdrache, wie er, ganz mit Ketschup begossen, diesen Prinzen verjagte. Auch die neuen Drachen erzählten ihre Geschichten – unglaublich, was die schon alles gefressen hatten: Der Gondeldrache fraß am liebsten italienisch! Am meisten fraß der Drache, der jede Lücke füllen konnte. Und diese endlosen Fachsimpeleien: Schmeckt Emmentaler Käse besser mit oder besser ohne Löcher? Wie groß sollten die Löcher sein? Undsoweiterundsofort. Wenigstens in einem war man einig: Seeschlange mit Emmentaler Käse übergrillt in Soße mit Schlagsahne – was Besseres gibt es nicht!

Schmeckt sagenhaft: Seeschlange mit Scheibletten übergrillt in Soße mit Schlagsahne. Auch dein Lieblingsessen?

So wie sich die Drachen ihre Geschichten erzählten, erzählten sich die Prinzessin und der Prinz ihre Geschichten. Und eines Tages sprach die Prinzessin: „Es ist egal, ob man heiratet oder nicht, das Wichtigste ist, dass man selbst entscheidet, was man tut, sonst wird man am Ende nie glücklich."

Und damit ist das Märchen zu Ende, denn sie waren am Ende glücklich.

Da fing jemand an zu klatschen und rief: „Bravo, bravo!"
Und alle klatschten und klatschten.
Und immer lauter rief jemand „Bravo, bravo!", und dann kam Professor Kugelklugel hinter einem Baum hervor. „Was für ein Glück, dass ich deine Geschichte gehört habe", rief er. Und dann war er wieder verschwunden.
Alle riefen: „Bravo, bravo!"

Die Mädchen redeten noch lange mit Melitta. Alle fanden sie ganz toll. Jede wollte ihre beste Freundin sein. Nächste Woche fing die Schule an ... wer durfte dann neben Melitta sitzen?

●●●●●●●●●●●

Als Melitta auf dem Heimweg auf Professor Kugelklugels Mauer stand, war er nirgends zu sehen. Aufgeregt rief sie: „Hallo, Professor Klugelkugel ... äh ... Glugelgurgel ... nein, halt ... Gugelhupfel ... ich habs ... Professor Kugelklugel, hallo!“

Niemand kam.

Schließlich rief Melitta: „Ich weiß noch einen Sinn des Lesens: Es macht Spaß.“

Aus einem Fenster hörte sie das klack-klack-klack einer Schreibmaschine. Aber niemand kam.

11. Kapitel

Am Samstagmorgen klingelt es an der Haustür bei Melitta. Es ist der Briefträger, er bringt eine Zeitung und einen Brief. Für wen?

„Ich habe gehört, dass in diesem Haus eine Schriftstellerin wohnt“, sagt der Briefträger ehrfurchtsvoll.

Der Brief ist für Melitta. Und die Zeitung ist auch für sie! Warum? Aufgeregt öffnet sie den Umschlag und bekommt einen Schreck: „Ein Scheck!“ Sie muss sogar unterschreiben, dass sie ihn bekommen hat. So viel Geld für Melitta!

Und dann ist im Umschlag noch ein Brief:

Liebe Melitta,
wir haben gehört, dass du wunderbare Geschichten erzählst. Und wir sind sehr froh, dass Professor Kugelklugel sie für uns aufgeschrieben hat, genauso, wie du sie erzählt hast. Jetzt kann sie jeder in unserer Zeitung lesen. Heute haben wir dein erstes Märchen abgedruckt. Nächste Woche das nächste.
Denkst du dir schon wieder was Neues aus?
Alles Gute,
deine Zeitung
P.S.: Möchtest du später bei uns Journalistin werden?

Melittas Mutter kann es kaum glauben. Sofort muss sie es allen Verwandten und Bekannten am Telefon erzählen. Es ist wahr. Jeder kann in der Zeitung Melittas Märchen lesen. Die ganze Geschichte, auch wie Professor Kugelklugel Melitta kennen gelernt hat.
Und darüber steht:
„Dies ist die Geschichte von Melitta. Sie beweist, dass man durch Lesen allseits beliebt wird und glücklich und schlank!"
„Es ist wahr", sagt Melittas Mutter.
„Es ist wahr", sagt Melittas Vater.

Und Melitta sagt: „Es ist wahr, es ist kein Märchen."

ENDE